Wenn Du Bleibst.

"Der Sinn des Lebens liegt nicht darin, Antworten zu finden, sondern in der Fähigkeit, die richtigen Fragen zu stellen – und den Mut zu haben, sie zu leben."

Wenn Du Bleibst.

Lennard Wurm

Impressum

1. Auflage · ISBN: 978-3-7693-0957-7 · ©2025 Lennard Wurm. Bibliografische Information der Deutschen Nationalbibliothek: Die Deutsche Nationalbibliothek verzeichnet diese Publikation in der Deutschen Nationalbibliografie; detaillierte bibliografische Daten sind im Internet über dnb.dnb.de abrufbar.

Die automatisierte Analyse des Werkes, um daraus Informationen insbesondere über Muster, Trends und Korrelationen gemäß §44b UrhG („Text und Data Mining") zu gewinnen, ist untersagt.

Verlag: BoD · Books on Demand GmbH, In de Tarpen 42, 22848 Norderstedt, bod@bod.de

Druck: Libri Plureos GmbH, Friedensallee 273, 22763 Hamburg

Vertrag mit dem Unbekannten

Elias Winter stand auf dem Dach des Hochhauses und blickte hinab auf das glitzernde Meer aus Lichtern, das sich vor ihm ausbreitete. Autos zogen in stetigem Fluss über breite Straßen, Menschen eilten mit geneigten Köpfen den Gehwegen entlang, und in den Fenstern unzähliger Gebäude flammten und erloschen Lichter wie winzige Glühwürmchen in einer weitläufigen Dunkelheit. Es war spät, fast Mitternacht, doch die Stadt schien sich nie wirklich zur Ruhe zu legen. In dieser unablässigen Bewegung, diesem Rauschen aus Scheinwerfern und Leuchtreklamen, lag etwas Atemloses. Elias, der erfolgreiche Architekt, hatte sein Leben lang in genau dieser Rastlosigkeit gebadet. Er war ein Mann, der stets glaubte, eine der tragenden Säulen dieser Stadt zu sein. Heute Nacht jedoch fühlte sich alles, was er je erreicht hatte, so unendlich fern und bedeutungslos an.

Er schloss die Augen. Der Wind zerrte an seinem Mantel, der beinahe wie eine Fahne hinter ihm flatterte. Feuchter Dunst, der von der nächtlichen Kälte emporstieg, legte sich wie ein unsichtbarer Schleier um seine Haare, die vom Schweiß an der Stirn klebten. Sein Herz pochte in einem unregelmäßigen Rhythmus, als ob es nicht sicher wäre, ob es weitermachen wollte. Und zugleich war da eine seltsame Leere in ihm – eine, die tiefer reichte als sämtliche Fundamente der Wolkenkratzer, die er geplant hatte.

Er dachte an die langen Sitzungen in luxuriösen Konferenzräumen, an Baupläne, die bis ins letzte Detail Perfektion versprachen. An die Abende, an denen er bei Empfängen Champagnergläser anlächelte, während sein Geist bereits beim nächsten Projekt war. Und er dachte an die stillen Momente in seinem Penthouse, in denen er die Skyline betrachtete und sich fragte, wofür das alles gut sein sollte. Niemand ahnte, wie viel Einsamkeit zwischen all den Erfolgen wuchs. Wie eine unsichtbare Pflanze, die sich durch Ritzen in der Fassade kämpfte, schlang sie sich um sein Herz. Wenn er in den Spiegel blickte, war da ein Mann mit breiten Schultern, dunklen Augen und distinguiertem Auftreten. Doch er sah auch die Schatten, die sich in seinen Augenwinkeln eingenistet hatten, als ob die Jahre der Selbstverleugnung in feine Linien gemeißelt wurden.

Er trat näher an die Dachkante. Ein dünnes Sicherheitsgitter war hier angebracht, vielleicht brusthoch, aber es wirkte lächerlich unzulänglich. Ein einzelner Schritt, dachte er. Nur noch ein einziger Schritt – und alles wäre vorbei. Der konstante Druck, den er sich selbst auferlegt hatte, all die Erwartungen anderer, die er erfüllt und übertroffen hatte, bis nichts mehr von ihm selbst übrig blieb. Sein Blick glitt hinab in die Tiefe. Er konnte den Schwindel spüren, der sich in seinem Magen zusammenbraute. Und dann das Gefühl eines bizarren Friedens, das sich langsam, aber unaufhaltsam in seine Gedanken schlich.

In seiner Vorstellung sah er sich fallen. Er stellte sich vor, wie der Wind gellend an seinen Ohren vorbeirauschte. Im Bruchteil einer Sekunde, kurz vor dem Aufprall, wäre vielleicht noch Zeit für einen letzten Gedanken. Eine Reue? Eine Sehnsucht? Vielleicht eine Frage: Was blieb unerfüllt? Elias konnte sich nicht entscheiden, ob dieser letzte Gedanke ein Schrei oder ein Stoßgebet wäre.

Da hörte er plötzlich eine Stimme, leise und zugleich klar. „Noch einen Schritt", sagte sie, „und du wirst niemals erfahren, warum du wirklich hier bist."

Erschrocken riss Elias die Augen auf. Er wich einen halben Schritt zurück, das Herz dröhnte ihm in den Ohren, als wäre es aus Stahl. Er hatte nicht gehört, dass jemand die Dachterrasse betreten hatte. Doch da stand ein alter Mann, eher klein gewachsen, in einem dunklen Mantel, der in der Nacht beinahe mit dem Schatten verschmolz. Unter einer leicht abgewetzten Filzhut lugten ein paar schneeweiße Haarsträhnen hervor.

Elias' erster Impuls war Ärger – wie konnte ihn jemand in diesem Moment unterbrechen? Aber rasch verklang dieses Gefühl, denn die feine Autorität in der Stimme des Fremden war spürbar. Er war kein zufälliger Passant, der sich nach oben verirrt hatte. Da steckte mehr dahinter, eine Präsenz, die Elias trotz seines Verwirrungstills spürte.

„Warum...", setzte Elias an, doch er war sich selbst nicht sicher, was er fragen wollte. Vielleicht, warum dieser Mann hier war. Oder warum er ihn vom Sprung abhalten wollte. Oder vielleicht: Warum verschanzte sich dieses Gefühl der Leere so hartnäckig in ihm?

Der Alte trat näher, bis er direkt neben Elias an der Brüstung stand. Sein Blick war ruhig, die Falten in seinem Gesicht erzählten von einem langen Leben, einer Reise mit vielen Stationen. „Ich bin nur ein Architekt", sagte er in einem Ton, der gleichsam sanft und unnachgiebig war. „So wie du, vielleicht. Aber auf eine andere Weise."

Elias empfand eine seltsame Beklemmung, als der Mann das Wort „Architekt" aussprach. Er selbst war ein Mann, der sich beinahe maßlos auf seinen Titel und sein Können etwas einbildete. Doch jetzt, wo ein Fremder denselben Beruf nannte, wirkte es nicht wie eine berufliche Bezeichnung, sondern wie eine Rolle in einem größeren Plan.

„Geh weg", flüsterte Elias, doch er glaubte selbst nicht an seine Worte. Der Alte schüttelte nur kaum merklich den Kopf. „Wenn du jetzt gehst, wirst du niemals eine Antwort auf deine Fragen finden. Und es sind viele Fragen, nicht wahr?"

Elias schwieg. Ja, Fragen hatte er genug. Er fand keine Erklärung, was ihn überhaupt angetrieben hatte, so weit zu gehen, auf das Dach dieses Gebäudes, das er selbst entworfen hatte, um sein Leben vermeintlich zu beenden. Er wusste nur, dass er sich verloren fühlte. Erfolg war gekommen, Ruhm war gekommen, doch was war geblieben? Ein Krater in seiner Brust, ein taubes Gefühl, das er nicht loswurde.

Der Fremde hob seine Hand und legte sie kurz auf Elias' Schulter. Diese Berührung, kaum länger als ein Wimpernschlag, fühlte sich an wie eine Brücke zwischen zwei Welten. „Elias Winter, du hast alles erreicht, wonach andere streben. Doch du hast den Blick für das Wesentliche verloren." Er machte eine Pause, in der man den Wind über die weiten Dächer streichen hörte. „Du stehst an der Schwelle – nicht nur an der Kante dieses Gebäudes, sondern an einer Entscheidung, die dein Leben neu formen könnte. Wenn du bleibst, dann musst du den Mut haben, noch einmal ganz von vorn anzufangen. Bist du bereit dafür?"

Elias fuhr sich mit der Zunge über die trockenen Lippen. Noch immer spürte er das Pochen des Adrenalins, das ihn an den Rand der Verzweiflung geführt hatte. Doch da war jetzt auch eine seltsame Klarheit in ihm. „Wer bist du?", fragte er schließlich, seine Stimme nur ein Krächzen.

„Nenn mich einfach den Architekten." Der Alte lächelte schwach. „Ich werde dir ein Angebot machen. Du kannst hier und jetzt dein altes Leben beenden und in den Abgrund springen. Oder du kannst mit mir kommen, dich auf eine Reise begeben, bei der du lernen wirst, wer du wirklich bist und was es bedeutet zu leben."

Elias wollte lachen, aber sein Hals war wie zugeschnürt. Das klang wie ein Märchen. Doch wenn sein Leben in diesem Moment tatsächlich nur noch einen Schritt vom Ende entfernt war, was hatte er zu verlieren? „Was bedeutet das – eine Reise?", fragte er tonlos.

Der Alte musterte ihn. „Eine Reise hin zum Kern deines Daseins. Manchmal muss man sämtliche Titel und Besitztümer aufgeben, um das eigene Herz zu finden. Manchmal muss man an einen Ort gehen, an dem man niemand ist, um herauszufinden, wer man wirklich ist. Ich kann dir das Tor zeigen. Doch hindurchgehen musst du selbst."

Die Worte fielen in Elias wie Regentropfen in brennende Asche. Ein Teil in ihm begehrte auf, wollte schreien, dass diese ganze Sache absurd sei. Aber etwas in dem ruhigen Blick des Fremden ließ Elias innehalten. Er spürte eine merkwürdige Resonanz – als wäre all das hier kein Zufall, sondern der Anfang einer Bestimmung, die er nie geahnt hatte.

Minuten vergingen. Irgendwo unten sang eine Sirene ihr gellendes Lied. In den Straßen formten die Lichter weiterhin ein verrücktes Kaleidoskop des Lebens. Elias trat langsam einen Schritt von der Dachkante zurück. „Ich weiß nicht, ob ich bereit bin", gab er zu. „Aber ich weiß, dass ich auf keinen Fall weitermachen kann wie bisher."

Der Alte nickte. „Das reicht. Mehr braucht es nicht, um aufzubrechen." Er streckte die Hand aus. Elias zögerte, dann ergriff er sie. Er spürte die schmalen, aber kräftigen Finger, die sich um seine Hand schlossen. Dabei durchfuhr ihn ein Schauer, als ob eine unsichtbare Tür weit aufgestoßen wurde und kühle Nachtluft durch sein Inneres wehte.

„Wohin gehen wir?", fragte Elias schließlich.

Der Alte legte den Kopf schief und lächelte. „Dorthin, wo deine Fragen Antworten finden. Und wo du sie als neue Fragen begreifen wirst. Wenn du bereit bist, den Pakt zu schließen – mit dir selbst und deinem Leben."

Für einen Moment glaubte Elias, er stürze doch noch. Aber es war kein physischer Fall, sondern ein Gleiten ins Ungewisse. Er fühlte seine eigene Furcht, gespiegelt in den Augen des Fremden, und dahinter eine leise, kaum wahrnehmbare Hoffnung. Ohne ein weiteres Wort traten sie vom Rand weg, hinein in den Schatten des Daches. Elias hätte schwören können, dass die Nacht um sie herum dunkler wurde, dichter. Noch immer spürte er den kühlen Griff der Hand des Fremden. Dann spürte er, wie seine Beine nachgaben. Ein schwarzsamtiges Nichts umfing ihn, und er hörte in weiter Ferne das Murmeln des Alten, als spräche dieser ein uraltes Versprechen aus.

Elias erwachte mit einem Keuchen. Seine Augen ruckten auf, und er spürte, wie sein Herz gegen seine Rippen donnerte. Eine Weile brauchte er, um zu begreifen, wo er war – oder vielmehr, wo er nicht war. Er lag nicht in seinem Penthousebett, nicht in irgendeinem luxuriösen Hotel. Um ihn herum war eine karge, niedrige Decke, aus Holzlatten gezimmert. Ein winziges Fenster ließ fahles Morgenlicht herein. Er brauchte einige Sekunden, um das jämmerliche Zimmer zu erfassen: ein schmaler, aus groben Brettern zusammengenagelter Tisch, ein Stuhl mit wackligem Bein, in der Ecke eine rostige Waschschüssel.

Sein Kopf schmerzte, als hätte er die halbe Nacht durchzecht. Er hob eine Hand an seine Stirn und stellte fest, dass er keinen Verband oder Ähnliches trug. Keine äußeren Wunden, zumindest nicht auf den ersten Blick. Doch innerlich fühlte er sich ausgerenkt wie eine ausgeleierte Maschine. „Was zum...?" Das flüsterte er, mehr zu sich selbst, während er sich mühsam aufsetzte. Die Matratze unter ihm bestand aus Stroh, das kratzend und unnachgiebig auf seine Bewegungen reagierte.

Sein Blick schweifte durch das Zimmer, bis er auf etwas Seltsames stieß: ein kleines Notizbuch auf dem Tisch, dessen Ledereinband abgegriffen und fleckig war. Daneben lag ein einzelner, silberfarbener Schlüssel, ohne erkennbare Prägung. Er schlug die Decke zurück und stellte fest, dass er einfache Kleidung trug, ein grobes Hemd, dessen Nähte an den Handgelenken ausgefranst waren, und eine schlichte Hose. Alles wirkte gebraucht, weit entfernt von den maßgeschneiderten Designerstücken, die er sonst trug. Konnte es sein, dass dies ein Traum war? Eine bizarre Halluzination, die seinem erschöpften Geist entsprang?

Doch der Geruch, ein Gemisch aus feuchtem Holz, Staub und etwas Unspezifischem, wirkte zu real. Er stand auf, wobei seine Beine beinahe nachgaben. Der raue Fußboden quietschte unter seinem Gewicht, als wollte er ihn warnen. Vorsichtig trat er an den Tisch, nahm das Notizbuch in die Hand und ließ den Schlüssel in seiner Hosentasche verschwinden. Das Leder des Büchleins fühlte sich kalt und alt an, als wäre es durch Tausende von Fingern gegangen.

Elias schlug es auf. Auf der ersten Seite stand in einer klaren, gezogenen Handschrift: *„Öffne dein Herz, um dein Haus zu bauen."* Er spürte ein leises Zittern in seinen Fingerspitzen. Dann blätterte er um. Die nächsten Seiten waren mit Schriftzeichen bedeckt, die er nicht sofort verstand. Einige wirkten wie kryptische Symbole, andere wie Passagen in einer fremden Sprache. Er sah einzelne Wörter auf Deutsch, doch dazwischen tauchten rätselhafte Zeichen und Diagramme auf, die ihn an Architekturpläne erinnerten – allerdings jenseits alles Vertrauten. Es mochte sein, dass eine Chiffre diese Worte zusammenhielt, doch Elias konnte keinen Sinn daraus lesen.

Ein kaum hörbares Klopfen drang durch die dünne Tür. Elias fuhr herum. Er wusste nichts über diesen Ort, nur, dass er sich an einem Ort befand, an dem er niemand war, ohne Titel und ohne Einfluss. Ein leises Summen in seinem Inneren sagte ihm, dass dies genau der Beginn jener Reise sein musste, von der der alte Mann auf dem Dach gesprochen hatte.

Er sammelte all seinen Mut – auch wenn es lächerlich war, sich vor einem harmlosen Klopfen zu fürchten – und öffnete die Tür. Im flachen Korridor dahinter stand ein Junge, vielleicht zwölf Jahre alt, mit zerzausten Haaren und einem verschmitzten Grinsen. „Du bist wach", sagte er, mehr Feststellung als Frage. „Mein Großvater hat gesagt, ich soll dich wecken. Es ist Zeit zum Frühstück."

Elias war verwirrt. „Wer ist dein Großvater?"
Der Junge lachte kurz. „Er ist Buchhändler – den Namen wirst du schon noch erfahren. Kommst du?" Ohne eine Antwort abzuwarten, machte er auf dem Absatz kehrt und huschte den Gang entlang davon.

Elias blieb einen Moment in der Tür stehen und spürte, wie das Gewicht der Unsicherheit auf seinen Schultern lastete. Kein Handy, kein Portemonnaie, kein Hinweis auf sein altes Leben. Er dachte an sein Büro im 30. Stockwerk, an die Sekretärin, die bereits um acht Uhr die ersten Telefonate führte. Sicherlich warteten Geschäftspartner, Klienten, vielleicht auch die Medien auf ein Statement zu diesem oder jenem Bauprojekt. Doch was immer geschah, hier hatte er nichts dergleichen. Er hatte nur ein Notizbuch mit verschlüsselten Hinweisen und einen seltsamen Schlüssel. Unwillkürlich fragte er sich, ob man ihn für verschollen erklären würde. Ob in seiner alten Welt jemand bemerkte, dass Elias Winter, Stararchitekt, nicht mehr da war.

Mühsam schluckte er den Kloß in seinem Hals herunter und trat auf den Flur. Das Licht kam durch ein kleines Fenster in der Decke, das wohl früher mal als Dachluke diente. Unten angekommen, führte eine niedrige Treppe in ein enges Ladenlokal. Elias roch Tinte, Papier, den modrigen Hauch von altem Leder. Tatsächlich, er stand in einer kleinen Buchhandlung, in der Regale bis zur Decke reichten. Darin quollen Bücher, gebundene Werke, eingerissene Broschüren, dicke Folianten mit Goldschnitt und zerfledderte Taschenbücher nebeneinander, als sei diese Sammlung über Jahrzehnte unkontrolliert gewachsen. Ein schwaches Licht von mehreren Glühlampen tauchte den Raum in ein gelbliches Halbdunkel.

Hinter dem Tresen saß ein alter Mann mit einem weißen Vollbart. Er hatte eine runde Brille auf, die über seine Nase rutschte, während er mit einer winzigen Lupe in einem Lederband las. Bei Elias' Eintreten hob er den Kopf und lächelte milde. „Guten Morgen. Dich kenne ich noch nicht. Mein Name ist Adolfo – aber die meisten nennen mich einfach den Buchhändler." Er deutete auf einen Stuhl neben dem kleinen runden Tisch, auf dem zwei Schüsseln standen. „Setz dich. Iss etwas. Du siehst aus, als bräuchtest du eine Stärkung."

Elias trat näher und erkannte den Jungen, der ihn geholt hatte. Er lehnte an einem Regal und beobachtete Elias neugierig. Zögernd nahm Elias Platz und betrachtete die Schüssel. Eine dünne Brühe, in der ein paar Gemüsestückchen schwammen, dampfte vor sich hin. Daneben lag ein Stück hartes Brot. In seinen Kreisen hätte er das höchstens als Vorspeise bei einem Fünf-Gänge-Menü gesehen – und selbst dann womöglich verschmäht. Doch jetzt spürte er seinen knurrenden Magen und griff bereitwillig zu. Das Brot war zäh, doch als er es in die Suppe tunkte, schmeckte es erstaunlich würzig.

Adolfo lachte leise, als er Elias musterte. „So schnell kann das gehen. Gestern warst du noch halb bewusstlos, heute sitzt du schon an unserem Tisch."

Elias hielt inne. „Gestern?", wiederholte er. „Du meinst... Wie bin ich hierhergekommen?"

Adolfo zog die Augenbrauen hoch. „Der Junge hat dich gefunden, vor unserem Laden, wie du da lagst, als wärst du vom Himmel gefallen. Keine Papiere, keine Tasche, nichts. Wir haben dich hereingetragen und wollten dich zum Arzt bringen, aber du hast nur im Fieber gewimmert. Also haben wir dich erst einmal hier behalten, bis du dich beruhigt hast."

Elias legte den Löffel beiseite. „Ich... Ich kann mich kaum erinnern. Ich war... Ich war auf einem Dach, ganz woanders. Dann hab ich diesen alten Mann getroffen..." Er brach ab. Er wusste selbst, wie unglaubwürdig das klang. „Ich danke euch, dass ihr mich aufgenommen habt. Aber ich muss wissen, in welcher Stadt ich bin."

Der Buchhändler zog seine Brille ab und rieb sich die Augen. „Du bist in Vinedo, einer kleinen Handelsstadt. Nichts Großes, aber wir haben hier unser Auskommen. Der Hafen ist nicht weit. Schiffe kommen und gehen. Und Bücher... nun, Bücher gibt es überall, wo Menschen träumen und denken." Er lächelte. „Doch du hast wohl keine Erinnerung daran, wie du hierher gelangt bist?"

Elias schüttelte langsam den Kopf. „Nein. Vinedo? Davon habe ich nie gehört." In seinen Gedanken wirbelten Worte umher. Vinedo klang nicht nach irgendeiner Metropole, die er kannte. War er womöglich in einem völlig anderen Land? Er grübelte. Irgendetwas an diesem Ort fühlte sich an wie eine andere Realität, als wäre er in einem Abschnitt seiner Träume gelandet, der so klar und greifbar war, dass es ihm Angst machte.

Adolfo erhob sich. „Wir haben nicht viel, aber wir können dir ein paar Tage ein Dach über dem Kopf bieten. Vielleicht klärt sich in der Zeit, was du tust und wohin du willst. Wenn du magst, kannst du uns helfen, Bücher zu sortieren. Mein Enkel – er heißt übrigens Sander – könnte Unterstützung gut gebrauchen."

Der Junge grinste schief. „Ja, wir schleppen uns hier allein durch die Kisten und Regale. Jede helfende Hand zählt."

Elias bedankte sich höflich. Er spürte, wie seine Gedanken auf Hochtouren liefen. Was, wenn dies alles Teil jenes Paktes war, den der Architekt ihm angeboten hatte? *Du musst lernen, wer du wirklich bist und was es bedeutet zu leben."* Hatte der Alte ihn hierhergebracht, als wäre dies eine Prüfstation für seinen wahren Charakter?

Ein sachtes Flackern in seinem Bewusstsein erinnerte ihn an das Notizbuch und an den Schlüssel, den er eingesteckt hatte. Vielleicht würde dieser Ort Hinweise geben, wie er diese Chiffren entschlüsseln und den nächsten Schritt finden konnte. Er merkte, dass das Essen ihm Kraft gab, und sein Kopf wurde etwas klarer.

„Danke für das Angebot", sagte Elias zu Adolfo und nickte auch dem Jungen zu. „Ich bleibe gern ein paar Tage und helfe.

Vielleicht finde ich in dieser Zeit auch heraus, was meine nächsten Schritte sind."

Adolfo legte seine Brille wieder auf die Nase. „Gut", sagte er schlicht. „Wahre Weisheit liegt nicht nur im Lesen, sondern im Erleben. Du wirst das noch verstehen."

Elias erhob sich, um das Geschirr beiseitezustellen. Während er die Suppe, die ihm überraschend gut geschmeckt hatte, wegräumte, huschte ein Gedanke durch seinen Kopf: *Was ist mit meinem alten Leben? Wird man mich suchen? Wird jemand merken, dass Elias Winter, Architekt, verschwunden ist?* Aber sofort folgte ein zweiter Gedanke, fast wie eine Stimme von außen: *Wichtig ist jetzt, was vor dir liegt, nicht, was hinter dir liegt.*

Als er später hinaufging, um das Notizbuch noch einmal durchzublättern, fand er auf einer der Seiten, die er zuvor übersehen hatte, eine knappe Notiz: *„Dies ist dein erster Schritt. Die Reise beginnt mit dem Loslassen."* Und darunter stand in feinen Linien eine Skizze, die aussah wie ein Kreis innerhalb eines Quadrats, umgeben von rätselhaften Symbolen. Er spürte ein leises Kribbeln, ein Echo jenes Schwindelgefühls, das ihn auf dem Dach überkommen hatte.

Er begriff, dass mit diesem Tag etwas Neues begonnen hatte. Ob er wollte oder nicht, er war nun Teil eines Spiels – oder eines Plans –, dessen Regeln er nicht kannte. Vor seinen Augen verschwamm das Leben, das er einst geführt hatte, wie eine entfernte Erinnerung. In einer Welt, in der er niemand war, außer ein Gast bei einem alten Buchhändler, musste er lernen, sich selbst neu zu definieren.

Da spürte er auf einmal, wie eine seltsam beruhigende Zuversicht durch ihn strömte. Er stand am Beginn eines Pfades, der ihn an die Orte seiner größten Zweifel und Hoffnungen führen würde. Was auch immer er in dieser fremden Stadt fand – es würde ihm mehr über sich selbst verraten, als all die glatten Konferenzräume, Auszeichnungen und Hochglanzmagazine, die sein voriges Dasein geschmückt hatten.

Und ganz am Ende seiner Gedanken kehrte jener Satz zurück, den der Architekt auf dem Dach ausgesprochen hatte: *„Wenn du bleibst, musst du den Mut haben, von vorne anzufangen.“*

Elias atmete tief durch. Er nahm das Notizbuch an sich und trat ans Fenster, um das morgendliche Licht zu erhaschen. Aus diesem Fenster sah er nicht die gewaltige Skyline der Großstadt, die er kannte, sondern die einfachen Ziegeldächer einer bescheidenen Stadt, die sich in der Ferne bis zu einem Hafen erstreckte. Auf dem Kopfsteinpflaster unter ihm liefen Menschen, die ihn nicht kannten, die in ihm nur einen weiteren Fremden sahen. Vielleicht war das der Anfang, den er so dringend brauchte.

In diesem Moment entschied er sich. Er würde bleiben. Selbst wenn dies alles ein Mysterium war. Ein Funke von Neugier begann in ihm zu brennen. *Was kann ich lernen?* Die Frage fühlte sich größer an als jede Ausschreibung für ein neues Bauprojekt, die er je verfasst hatte.

Langsam ballte er die Hand, in der er den Schlüssel hielt, und spürte das kalte Metall, das ihn an das Versprechen erinnerte, das in dieser Nacht besiegelt worden war. Ein Vertrag, den er mit dem Unbekannten eingegangen war: die Chance, sein Leben zu erneuern, wenn er den Mut fand, die Leere zu ergründen, die ihn verfolgt hatte.

Er flüsterte in den Morgen: „Ich bin bereit.“

Obwohl seine Stimme leise war, hallte sie in seinem Innersten wider wie ein mächtiges Echo.

Die Illusion

Elias fuhr sich an diesem Morgen müde über die Augen, als er das Klappern der alten Druckerpresse im Nebenraum hörte. Er hatte schlecht geschlafen, von Träumen verfolgt, in denen die Silhouette eines Wolkenkratzers in einen stillen Ozean kippte, während ein alter Mann am Ufer stand und zuwinkte. Schweißnass war er erwacht und hatte einen Moment gebraucht, um zu begreifen, wo er war: in dem kleinen Zimmer über Adolfos Buchladen, wo das erste Licht des Tages durch das staubige Fenster fiel und ermutigende Sonnenflecken auf den Holzboden malte.

Er zog sich an – das gleiche grobe Hemd und die schlichte Hose wie am Vortag – und griff schließlich nach dem Notizbuch, um einen Blick hineinzuwerfen. Im matten Licht erkannte er wieder die verschnörkelten Symbole, die fremden Zeichen, die kryptische Botschaft von jemandem, den er nur den „Architekten" nennen konnte. Doch was immer er auch versuchte, kein klarer Sinn offenbarte sich. Und doch: Irgendetwas daran zog ihn in seinen Bann, als lebten in den Seiten Geheimnisse, die nur darauf warteten, entschlüsselt zu werden.

Unten im Laden war Adolfo schon dabei, eine Kiste voller Bücher zu sichten. Einige Exemplare lagen aufgeschlagen auf der Theke, vergilbte Seiten, die den Geruch nach längst vergangenen Zeiten verströmten. Sander, der Enkel des Buchhändlers, huschte barfuß zwischen den Regalen hin und her und staubte mit einem alten Tuch die höheren Fächer ab. Elias dachte sich, dass der Junge für sein Alter auffallend geschickt wirkte.

„Guten Morgen", sagte Elias mit leiser Stimme, während er die knarrende Stiege betrat.

Adolfo schaute auf, lächelte milde und schob seine runde Brille zurecht. „Morgen, mein Junge. Wie hast du geschlafen?"

„Ein bisschen unruhig, aber es geht schon." Elias zog sich einen Hocker heran. „Soll ich dir helfen, die Bücher zu ordnen?"

Adolfo nickte. „Sehr gern. Es ist einiges liegengeblieben. Manche Kunden kommen schon am frühen Morgen vorbei, um nach Raritäten zu stöbern. Du würdest dich wundern, wie sehr manche Menschen alte Geschichten schätzen – selbst in einer Stadt wie Vinedo, die zwar kein kulturelles Zentrum ist, aber doch ihren eigenen Charme hat."

Während Elias begann, die Stapel auszusortieren, glitt sein Blick immer wieder hinüber zum Fenster, durch das man einen Teil der Straße erblickte. Eine fahle Morgensonne streifte die Hausfassaden, erhellte verschlissene Fensterläden und den schmalen Pflasterweg. Ein leichter Wind wehte, trug die Gerüche nach frischgebackenem Brot und salzigem Hafenwasser herüber. In der Ferne ragten die Masten einiger Schiffe auf, seltsam anmutend gegen das milchige Licht.

„Na, bist du mit den Gedanken schon wieder woanders?" Sanders Stimme riss Elias aus seinen Überlegungen.

Elias zuckte leicht zusammen und lachte verlegen. „Vielleicht. Ich bin es einfach nicht gewohnt, an einem Ort zu sein, an dem sich niemand um Eile oder Status schert. In meinem alten Leben..." Er brach ab. Konnte er dem Jungen erzählen, wer er wirklich war – oder besser gesagt, wer er gewesen war?

Doch Sander schien das Thema nicht weiter zu verfolgen. „Großvater hat gesagt, ich soll dich heute mitnehmen. Du hast dich doch bestimmt gestern gefragt, woher wir unsere Bücher bekommen, oder?"

Adolfo zog die Augenbrauen hoch. „Das ist keine große Geschichte, Sander. Wir haben ein paar Händler in der Stadt, manche kommen mit dem Schiff, manche sind auf Wanderschaft. Hin und wieder bringen Reisende alte Bestände, die sie nicht mehr brauchen. Man weiß nie, welche Schätze sich darunter verbergen."

Sander grinste spitzbübisch. „Vielleicht ist es keine große Geschichte, aber Elias sollte wenigstens sehen, wie wir ein paar Münzen verdienen. Wie soll er sonst verstehen, wie ein Buchhändler in Vinedo überlebt?"

Elias blickte erst zu dem Jungen, dann zu Adolfo. Er spürte eine leise Dankbarkeit. Trotz ihrer Bescheidenheit behandelten sie ihn wie ein Familienmitglied und brachten ihm Vertrauen entgegen. „Ich komme gern mit", sagte er und legte ein Buch beiseite, das wohl nur noch von einem Sammler gerettet werden würde. „Aber ich muss dir gestehen, ich weiß nicht mal, wie diese Stadt im Einzelnen funktioniert. Vielleicht wäre es tatsächlich hilfreich, einen kleinen Rundgang zu machen."

So geschah es, dass Elias kurz darauf mit Sander die enge Gasse entlangging. Sie ließen den Laden hinter sich, während Adolfo zurückblieb und sich um die Kunden kümmerte.

Die Stadt zeigte sich im Vormittagslicht in all ihrer einfachen, aber malerischen Art: niedrige Häuser, teils aus Ziegel, teils aus unverputztem Stein, mit bröckelnden Fassaden und Türmchen, die einer fremden Epoche zu entstammen schienen. Von einem Hang oberhalb der Stadt zog sich eine alte Stadtmauer hinab, die wie ein grauer Wächter über den Gassen thronte. Dazwischen liefen Menschen in einfachen, aber sauberen Kleidern, grüßten sich und tauschten Neuigkeiten über den Markt oder über ankommende Handelsschiffe aus.

Je weiter sie gingen, desto lauter wurde das Summen der Händler und Marktfrauen, die ihre Waren anboten: Kräuter in Bündeln, leuchtendes Obst, Säcke mit Mehl und Getreide. Elias sog die fremden Gerüche ein, das Gewirr aus Stimmen und Wagenrädern, das Quietschen von Holzkarren auf unebenem Boden.

Sander lotste ihn zu einem kleinen Hafen, der an diesem Morgen belebt war. Männer in groben Jacken luden Kisten von einem Segelschiff, und ein Kapitän mit wehendem Bart brüllte Befehle, während Möwen kreischend über den Masten kreisten. „Hier holen wir oft neue Bücher. Manchmal auch ungewöhnliche. Reisende aus entfernten Ländern bringen sie mit. Morgen sollen ein paar Kisten aus dem Norden ankommen, vielleicht sind interessante Titel dabei."

Elias wunderte sich, dass er seit seiner Ankunft keinen Moment lang das Gefühl gehabt hatte, sich rechtfertigen oder erklären zu müssen. Ganz so, als wäre er ein einfacher Wanderer, gestrandet in einer Stadt, die jeden aufnimmt. Gleichzeitig vibrierte in ihm der Gedanke: *Nichts von alledem, was ich früher tat oder war, zählt hier.*

Sie verweilten einen Augenblick, um dem Treiben am Kai zuzusehen. Auf dem Wasser trieben Fischerboote, zwischen denen das salzige Blau des Meeres schimmerte. Dann deutete Sander auf eine größere, weiß getünchte Fassade am Ende der Hafenpromenade. „Siehst du das Haus da drüben? Da ist ein kleines Café im Erdgeschoss – Madame Yara gehört es. Wenn du Lust hast, kannst du ja mal dort nach Arbeit fragen. Großvater hat erwähnt, dass du ein bisschen Geld verdienen willst. Oder wenigstens ein paar Leute kennenlernen. Das Café ist beliebt, viele gehen dort ein und aus."

Elias folgte dem Fingerzeig des Jungen und entdeckte das Schild über der Tür: „Café Marella". Er runzelte die Stirn. Arbeiten in einem Café? Er, der einst Verträge für Millionenprojekte unterschrieb und stets unter Zeitdruck stand? Aber die Idee hatte etwas Reizvolles. Er brauchte Abstand von seiner alten Welt, von dem alten Ich, das ihn fast in den Abgrund getrieben hatte.

„Danke für den Tipp", sagte er zögerlich. „Ich überlege es mir."

Sander lachte. „Überleg nicht zu lange. Madame Yara kann streng sein, aber sie hat ein großes Herz. Und Geld verdienen ist kein Verbrechen, selbst wenn du anscheinend ein Gelehrter bist, der bei Großvater in der Buchhandlung sitzt."

Elias musste ein Lächeln unterdrücken. „Na gut. Wir können ja mal hingehen."

Gesagt, getan. Sie spazierten am Hafenkai entlang, grüßten hier und da Leute, die Sander flüchtig zu kennen schienen – eine Fischhändlerin, einen wettergegerbten alten Mann, der mit einem weidenden Ziegenbock unterwegs war –, bis sie vor dem weißen Gebäude standen. Die Fassade bröckelte an manchen Stellen, doch Blumenkästen mit roten Geranien sorgten für freundlichen Charme.

Im Inneren fand Elias einen kleinen Gastraum mit vier, fünf Tischen. Holzstühle, bunt bemalte Teller an den Wänden, ein Tresen mit einer altmodischen Kasse und der Duft nach frisch gemahlenem Kaffee. Hinter dem Tresen stand eine Frau in einem praktischen, wadenlangen Rock, die dunklen Locken zu einem festen Knoten gesteckt. Ihr Blick war wach und bohrte sich in Elias, kaum dass er eintrat.

„Sander! Bist du wieder auf der Suche nach Süßem?", rief sie mit kräftiger Stimme und blitzte dabei verschmitzt.

Der Junge schüttelte den Kopf. „Nein, Madame Yara, dieses Mal habe ich jemanden mitgebracht, der vielleicht nach Arbeit sucht."

Sie richtete ihre Aufmerksamkeit auf Elias. Ihre Augen wirkten klug, vielleicht sogar ein wenig misstrauisch. „Bist du ein Freund von Sander oder ein Freund von Arbeit?"

Elias ließ sich Zeit mit der Antwort, musterte die Frau, die trotz ihrer strengen Haltung eine gewisse Wärme ausstrahlte. „Vielleicht beides. Ich heiße Elias. Ich stamme nicht von hier und versuche, mich ein wenig in Vinedo zurechtzufinden."

Madame Yara wischte sich die Hände an ihrer Schürze ab und trat näher. „Na, dann könntest du schlechter starten. Ich habe viel zu tun und wenig Leute. Wie geschickt bist du mit einem Tablett und einer Kaffeekanne?"

Elias hätte fast gelacht. Noch vor Kurzem war er stolz darauf gewesen, ganze Hochhauskomplexe zu planen. Doch nun wäre es für ihn eine Herausforderung, in einem Café Bedienungen und Gäste gleichermaßen zufriedenzustellen, ohne sein Selbstwertgefühl vor der Tür zu verlieren. „Ich kann es versuchen. Ich garantiere für nichts, aber ich lerne schnell."

„Das hoffe ich für dich", erwiderte sie, die Mundwinkel sarkastisch verzogen. Dann deutete sie auf eine schwarze Schürze, die an einem Haken hing. „Nimm die und fang gleich an. Wenn du dich gut anstellst, kannst du fürs Erste bleiben. Wenn nicht, bin ich schneller auf dem Markt, um Ersatz zu finden, als du es dir wünschen würdest."

Sander grinste, zwinkerte Elias zu und trollte sich hinaus. Vielleicht wollte er ihm nicht im Weg stehen – oder er wollte ihm schlicht die erste Feuerprobe allein überlassen.

Elias schlüpfte in die Schürze. Dann fand er sich hinterm Tresen wieder, wo Madame Yara ihm rasch zeigte, wie man den Kaffee mahlt, das heiße Wasser aufgießt und kleine, kunstvoll verzierte Tassen befüllt. Zwar war es nicht das komplexeste Handwerk der Welt, doch er spürte seine Hände zittern; er wollte keinen Fehler machen und noch weniger wollte er sich an die Unbeholfenheit erinnern, die er fühlte, weil dies so weit entfernt war von seiner alten Selbstsicherheit.

Die ersten Gäste trudelten ein. Ein älteres Ehepaar, das sich an einen Tisch setzte und leise miteinander redete. Ein Fischer in Gummistiefeln, der offenbar den Geruch von Salz und Seetang mitbrachte und sich über die wackelige Holzbank beugte, um ein Stück Gebäck zu bestellen. Elias nahm die Bestellungen entgegen, brachte Kaffee, ab und zu einen Teller mit klebrigem Gebäck.

Im Laufe des Vormittags merkte er, wie ihn eine ruhige Routine erfasste. Das Gewicht des Tabletts, das Lächeln, das er den Kunden schenken konnte, die Zufriedenheit, wenn er den richtigen Kaffee zur richtigen Person brachte. Es war einfach. Fast beruhigend. Und doch war da etwas, das ihn innerlich nagte: die Frage, ob dieser Moment wirklich echt war, oder nur eine Kulisse.

Als die Mittagszeit nahte, füllte sich das Café. Madame Yara war überall gleichzeitig, nahm Bestellungen auf, wischte Tische ab, wechselte ein paar Worte mit Stammkunden. Elias bemühte sich, Schritt zu halten. Schweißperlen standen ihm auf der Stirn. Er strich sich mit dem Unterarm über die Stirn, während er zwischen Tresen und Gästen hin- und hereilte.

Inmitten dieses Getümmels hörte er plötzlich eine vertraute Stimme. Zuerst glaubte er, seine Ohren spielten ihm einen Streich. Doch als er aufsah, erstarrte er. Dort, in der Tür, stand jemand, den er nur zu gut kannte – ein ehemaliger Kollege aus seinem früheren Architekturbüro: Jonas Stein, ein Projektleiter, mit dem er etliche Male über blau leuchtende Baupläne gebeugt war.

Elias' Herz setzte einen Schlag aus. *Was tut er hier?* Dann fiel ihm ein, dass er gar nicht wusste, wo genau „hier" war. War das noch sein ursprüngliches Land? Oder war es eine andere Welt, in der es einen Jonas Stein gab, der ihm ähnelte, ihn aber nicht wirklich kannte?

Jonas kam an einen Tisch, noch immer in Gedanken versunken, und setzte sich mit einem leichten Seufzer. Elias fiel auf, wie anders Jonas wirkte – zwar immer noch ordentlich gekleidet, doch ohne das überkandidelte Jackett, das er einst so gern trug. Hier sah er aus wie ein normaler Reisender, vielleicht ein Händler, der eine Pause machte.

Elias räusperte sich, versuchte, die Überraschung zu überspielen. Dann trat er an Jonas' Tisch. „Guten Tag. Kann ich Ihnen etwas bringen?" Seine Stimme klang fremd in seinen eigenen Ohren.

Jonas hob den Blick. „Einen Kaffee und ein Sandwich, bitte. Und… haben Sie vielleicht so ein Gebäck, das nach Zimt riecht? Ich habe es vorhin bei jemandem gesehen."

Elias schluckte trocken. „Ja, wir haben Zimtschnecken. Kommt sofort." Er spürte, wie sein Magen sich zusammenzog. Hoffentlich erkannte Jonas ihn nicht. Obwohl, wie sollte er? Elias trug schlichte Kleidung, seine Haare waren länger geworden, er hatte keinen Anzug, keine Krawatte, keinen Namen.

„Danke", sagte Jonas knapp und wandte sich wieder in seine eigenen Gedanken. Keine Spur von Wiedererkennen. Elias verharrte noch einen Moment, als wolle er ein Zeichen sehen, irgendeinen Funken der Erinnerung in Jonas' Miene. Doch da war nichts. Jonas nahm sein Smartphone – oder etwas, das zumindest wie ein Smartphone aussah – und vertiefte sich in Nachrichten.

Elias ging zögernd zurück zum Tresen. Er schluckte gegen das nagende Gefühl an, das in seiner Brust brannte. Hier saß ein Mensch, den er früher fast täglich gesehen hatte, mit dem er harte Deadlines gerissen und wieder aufgeholt hatte, mit dem er zynische Witze über unentschlossene Bauherren gemacht hatte. Ein Mensch, mit dem er all diese Mühen, diese späten Nächte und zermürbenden Sitzungen geteilt hatte. Ein Mensch, der jedoch keine Ahnung zu haben schien, wer dieser „Elias" vor ihm war – oder gar, dass es ihn gab.

Als er Jonas den bestellten Kaffee und die Zimtschnecke brachte, versuchte er, Ruhe zu bewahren. Er stellte die Tasse ab, lächelte höflich. Jonas bedankte sich mechanisch, ohne den Blick zu heben. Elias merkte, wie schmerzhaft der Moment war. *All meine Leistungen, mein Renommee, mein Titel… nichts davon existiert hier und jetzt. Ich bin ein fremder Kellner, ein Niemand.*

Genau in diesem Augenblick begriff Elias die erste Lektion seiner „Reise" auf schmerzlich klare Weise: Erfolg und Status sind nichts Festes. Er hatte sich immer definiert durch sein Können als Architekt, seinen Namen auf den Titelseiten von Magazinen, durch die Anerkennung, die er erhielt, sobald er einen Raum betrat. Jetzt war keiner dieser Pfeiler mehr da, und niemand erkannte ihn – nicht mal diejenigen, die zuvor untrennbar mit ihm verbunden waren.

Er musste sich setzen, denn ihm wurde flau. Madame Yara warf ihm einen missbilligenden Blick zu. „He, du kannst dich später ausruhen. Wir haben Gäste. Beweg dich, Elias."

Er atmete flach ein, nickte und stand wieder auf. Mit verkrampftem Magen servierte er die nächsten Bestellungen. Doch sein Blick glitt immer wieder zu Jonas hinüber, der in Ruhe seinen Kaffee trank. Irgendwann war Jonas fertig, stand auf, zahlte ohne großes Aufsehen zu erregen und verschwand Richtung Tür. Kein Anflug von Erkennen. Keine Erinnerung an Elias Winter, den Stararchitekten, mit dem er einst zusammengearbeitet hatte.

Als die Nachmittagsstunden anbrachen und das Café sich leerte, stand Elias hinter dem Tresen und rieb sich die schmerzenden Handgelenke. Auch wenn es körperlich nicht übermäßig anstrengend war, lastete eine ungeahnte emotionale Müdigkeit auf ihm. Er fühlte sich ausgelaugt, fast hohl.

Madame Yara trat zu ihm und legte ihm einen kurzen, knappen Lohn in die Hand – einige Münzen, die kaum für ein großes Abendessen reichten. „Du hast dich wacker geschlagen für den ersten Tag. Falls du morgen wiederkommen willst, kannst du das tun. Ich habe keine Küchenfee, also muss ich selbst kochen, aber wenigstens kannst du etwas mitessen. Überleg's dir, Elias."

Er bedankte sich. Dann kehrte er in die Buchhandlung zurück, während die Dämmerung einzog. Auf dem Weg dorthin dachte er an Jonas, an das Gefühl, unsichtbar zu sein, obwohl sie doch einmal so eng zusammengearbeitet hatten. *Heißt das, dass all die Jahre, all die Projekte eigentlich nichts bedeutet haben, wenn sie nicht in diesem einen Moment des Erkennens münden?*

Im Buchladen empfing ihn die wohlige Wärme zahlreicher Öllampen, die Adolfo aufgestellt hatte. Der alte Buchhändler saß in seinem Sessel, die Beine in eine Decke geschlungen, während er ein Buch mit gelbem Einband las. Als er Elias eintreten sah, hob er grüßend die Hand.

„Na, wie war es im Café?", fragte er ohne aufzustehen. „Ich höre, Madame Yara kann streng, aber auch fair sein."

Elias ließ sich auf einen wackeligen Stuhl sinken, ließ die Münzen klimpernd auf den Tisch fallen und seufzte. „Es war… lehrreich."

Adolfo lächelte nachsichtig. „Du schaust aus, als hättest du eine größere Erkenntnis gehabt als nur den Umgang mit Kaffeetassen."

Elias erwiderte nichts, sondern fuhr mit den Fingern über die Tischkante. Er konnte und wollte nicht ins Detail gehen. Zu frisch war die Begegnung mit Jonas, zu verstörend die Erkenntnis, wie zerbrechlich seine alte Identität war.

Stattdessen fragte er: „Adolfo, weißt du etwas über dieses Notizbuch, das ich bei mir hatte? Ich habe versucht, es zu lesen, aber es scheint verschlüsselt zu sein. Oder in einer Sprache, die ich nicht kenne."

Der alte Buchhändler schloss sein eigenes Buch und nahm das Notizbuch, das Elias ihm hinhielt. Er betrachtete den Ledereinband, strich mit den Fingern über die ausgefransten Kanten. „Mhm", brummte er. Dann schlug er ein paar Seiten auf, ließ den Blick über die Zeichen gleiten. „Es sieht in der Tat nach einer Chiffre aus. Manche Symbole erinnern an architektonische Skizzen, manche an Symbole aus alten Sprachen. Ein merkwürdiger Mix. Woher hast du das Buch?"

Elias zuckte die Achseln. „Ich bin nicht ganz sicher. Ich weiß nur, dass es das Einzige war, was ich bei mir hatte, als ich hier ankam. Zusammen mit einem Schlüssel, von dem ich auch nicht weiß, was er öffnet."

Adolfo legte das Buch vorsichtig beiseite. „Du hast mir erzählt, du wurdest von einem alten Mann auf ein neues Leben gestoßen, bevor du hierherkamst. Vielleicht ist es seine Handschrift. Vielleicht liegt darin der Schlüssel zu deinen eigenen Fragen."

Elias schwieg eine Weile. Dann sagte er leise: „Ich glaube, all das gehört zu einer Prüfung, die ich bestehen muss. Bevor ich hier auftauchte, habe ich immer geglaubt, Erfolg, Reichtum und Ansehen seien alles, was zählt. Jetzt merke ich, dass all das nur eine Hülle ist, die nichts nützt, wenn niemand dich erkennt oder wenn es keinen Sinn hat, den du selbst fühlen kannst."

Adolfo nickte und stand auf. „Weißt du, Elias, wir neigen dazu, uns über Titel, Vermögen oder Ruhm zu definieren. Wenn man uns das alles nimmt, bleiben wir oft leer zurück – es sei denn, wir wissen, wer wir wirklich sind." Er trat näher und legte seine Hand auf Elias' Schulter. „Vielleicht findest du in diesem Café mehr über dich heraus, als du denkst."

Elias spürte eine leise Wärme, die von Adolfos Worten ausging. Er dachte an Jonas und die kalte Gleichgültigkeit, die er erfahren hatte. Dann atmete er tief durch. „Ich werde morgen zurückgehen", sagte er schließlich. „Vielleicht lerne ich noch mehr über die Menschen in Vinedo. Und vielleicht finde ich eine Spur, wie ich dieses Notizbuch entschlüsseln kann. Ich habe das Gefühl, es wird mir den Weg weisen."

Adolfo lächelte, als hätte er genau diese Antwort erwartet. „Dann geh schlafen, Elias. Morgen wird ein neuer Tag. Und jeder Tag bringt uns ein Stück näher zu uns selbst, wenn wir die Augen aufhalten."

In dieser Nacht fiel Elias nachdenklich in den Schlaf. Die Begegnung mit Jonas ging ihm nicht aus dem Kopf – ebenso wenig wie die Erkenntnis, dass er hier in Vinedo unendlich weit entfernt war von seinem alten Status und seinen alten Sicherheiten. Er träumte von stürzenden Fassaden und davon, wie er auf einer riesigen Baustelle stand, allein, ohne Blaupausen, während Menschen an ihm vorbeiliefen, ohne ihn eines Blickes zu würdigen.

Am nächsten Morgen stand er zeitig auf, um erneut im Café zu arbeiten. Er hatte den Schlüssel in seiner Tasche und das Notizbuch an seiner Seite. Als er in der kühlen Morgenluft durch die noch leeren Gassen ging, fragte er sich, ob der Architekt irgendwo in einem unsichtbaren Winkel dieser Stadt stand und ihn beobachtete. Würde er eines Tages plötzlich vor ihm auftauchen und fragen: *„Hast du gelernt, was du lernen musstest?"*

Die Wolken über Vinedo färbten sich rosig, als die Sonne emporkletterte. Elias fühlte sich zugleich schwer und leicht. Schwer, weil die Last der Ungewissheit auf ihm lag, leicht, weil er endlich begann, zu begreifen, dass er alles, was er je gewesen war, in sich selbst tragen konnte – selbst wenn niemand es von außen bestätigte.

Während er seine Schritte beschleunigte, um rechtzeitig im Café zu sein, merkte er: Zum ersten Mal seit Jahren – oder vielleicht überhaupt zum ersten Mal – spürte er eine stille, trotzige Entschlossenheit. Er war nicht mehr Elias Winter, der berühmte Architekt. Er war Elias, der Kellner in einer fremden Stadt. Und vielleicht würde ihn genau diese Rolle lehren, was er wirklich brauchte, um am Leben festzuhalten.

Ihm kam ein letzter Gedanke in den Sinn, bevor er in die helle Tür des Cafés trat: *Wenn meine Vergangenheit keine Bedeutung mehr hat, dann ist jetzt alles möglich. Und das könnte, trotz aller Angst, auch eine Befreiung sein.*

Die Wahrheit über Liebe

Elias spürte den warmen Luftzug der Bäckerei, als er am nächsten Morgen die kleine Gasse entlangging. Ein süßer Duft nach Gebäck stieg in seine Nase, und für einen Moment blieb er stehen, ließ sich von den fremden Klängen und Gerüchen Vinedos einhüllen. Noch vor wenigen Tagen war er in einer anderen Welt erwacht, in einer fremden Stadt ohne Namen, ohne Identität. Jetzt war ihm dieser Ort seltsam vertraut geworden: Die bröckelnden Fassaden, die verwinkelten Gassen, die alten Fensterläden, die in der Morgensonne leise knarrten. Es war alles andere als das mondäne Leben, das er früher geführt hatte – doch es hatte Wärme, ja, sogar einen Hauch von Geborgenheit.

In seiner Tasche trug er wie immer das geheimnisvolle Notizbuch und den silbernen Schlüssel, dessen Zweck ihm noch unklar blieb. Manchmal fragte er sich, ob er in diesen Zeilen nicht nur den Schlüssel zu den Rätseln des „Architekten" finden würde, sondern auch zu sich selbst. Noch lag viel im Dunkeln. Elias atmete tief durch und setzte seinen Weg fort – hin zum Café Marella, wo Madame Yara vermutlich bereits die Kaffeemaschine anwarf.

„Da bist du ja."

Madame Yara hob den Blick, als Elias die schlichte Holztür öffnete. Eine Hand an der Hüfte, in der anderen den Brotkorb, musterte sie ihn abschätzend. „Hast du heute Morgen wieder verschlafen oder hast du auf der Straße flaniert?"

„Ich…", begann Elias, doch sie ließ ihn nicht ausreden.

„Gut, dass du überhaupt da bist. Ich brauche jede helfende Hand. Mach dich an die Vorbereitung, wir öffnen in zehn Minuten."

Elias grinste schief. Madame Yara war ungemütlich wie ein alter Seebär, aber ihre Strenge ließ auch eine fürsorgliche Seite durchblitzen. Er zog seine einfache Schürze über, wusch sich die Hände und stellte sich hinter den Tresen, wo er die Tassen ordnete und den frischen Kaffee aufsetzte. Trotz all ihrer Sticheleien hatte sie ihn nicht entlassen – offenbar war sie im Großen und Ganzen zufrieden mit seiner Arbeit.

Ein halbes Dutzend Gäste trudelte in kurzer Folge ein. Elias nahm Bestellungen auf, servierte Kaffee, tischte Gebäck auf. Es war fast schon Routine geworden. Manchmal fragte er sich, ob dies wirklich Teil einer größeren Prüfung war oder ob er aus einer Laune des Schicksals hier gestrandet war. Dann jedoch erinnerte er sich an den Albtraum, in dem er beinahe seinen Sprung von jenem Dach vollendet hatte. Was immer diese fremde Stadt ihm beibrachte – sie bewahrte ihn davor, in den Abgrund zu stürzen.

Um die Mittagszeit war das Café gut gefüllt. Elias setzte eine letzte Kaffeetasse vor einer älteren Dame ab und wischte sich mit dem Handrücken über die Stirn. Dann fiel ihm eine junge Frau auf, die etwas verloren in der Tür stand und den Raum zu ertasten schien – sie hatte einen eleganten Gehstock in der Hand. Ihre feinen Gesichtszüge spiegelten eine gewisse Unsicherheit wider, doch zugleich wirkte sie anmutig. Die langen, in einem lockeren Zopf geflochtenen Haare schimmerten kupferfarben, wenn das Licht darauf fiel. Doch was Elias am meisten auffiel, waren ihre Augen: Sie waren geöffnet, blickten aber ins Leere.

Sie trat zögerlich nach vorn, ließ den Gehstock sanft über den Boden gleiten. Elias sah sich sofort um, ob jemand zu ihr eilte, doch Madame Yara war gerade in der Küche, und die meisten Gäste waren mit sich selbst beschäftigt. Also ging er rasch auf sie zu. „Kann ich Ihnen helfen? Ein Platz ist frei geworden, dort drüben an der Fensterfront."

Die Frau hob den Kopf in seine Richtung. Ihre Augen schienen an Elias vorbeizublicken, fast durch ihn hindurch, und doch spürte er eine Aufmerksamkeit in ihrem Gesicht. „Ja, bitte. Ich suche einen Tisch für mich und… jemanden, der gleich noch kommen wird." Ihre Stimme war ruhig, fast melodisch.

„Kommen Sie, ich helfe Ihnen." Behutsam ließ er sie seinen Arm berühren. Sie hielt sich leicht an seinem Ellenbogen fest, genug, um geführt zu werden, doch ohne sich wirklich anzulehnen. Elias spürte die Sanftheit dieser Geste, während sie den kurzen Weg zum Tisch zurücklegte. Kaum hatten sie sich gesetzt, bemerkte Elias, wie sie einen Moment lang den Kopf neigte, als lausche sie auf das Stimmengewirr im Café.

„Es ist laut heute", stellte sie fest, ohne ihn anzusehen.

Elias nickte, ehe er begriff, dass sie das nicht sehen konnte. „Ja, es ist Markt in der Stadt, die Leute kommen für eine kleine Stärkung. Möchten Sie etwas trinken, während Sie warten?"

Sie zog die Augenbrauen zusammen, als ob sie überlegen müsste, was sie antworten wollte. „Ein Glas Wasser und vielleicht einen Orangensaft."

Elias verschwand hinter dem Tresen, um ihr Getränk zu holen. Unterwegs fiel ihm auf, wie ungewöhnlich es war, dass er sich so schnell in die Rolle eines freundlichen Begleiters eingefunden hatte. Früher, in seinem alten Leben, hätte er wahrscheinlich die nächste Assistentin gebeten, sich um eine blinde Besucherin zu kümmern, während er selbst in einem dringenden Meeting steckte. Jetzt aber fühlte es sich richtig an, direkt zu helfen.

Als er mit dem Wasser und dem Orangensaft zurückkehrte, fand er die Frau in einer stillen Versunkenheit vor. Ihre schlanken Finger spielten nervös mit einem Stück ihrer Jacke, fuhren über den Saum, als versuchte sie, ihre Umgebung durch Berührung zu begreifen.

„Bitte sehr", sagte er leise, als er die Gläser abstellte. „Sagen Sie Bescheid, wenn Sie etwas brauchen."

Sie neigte den Kopf. „Sie sind neu hier, nicht wahr? Ihre Stimme kenne ich nicht."

Elias war überrascht. Er hatte gar nicht darüber nachgedacht, dass man ihn in Vinedo bereits am Klang der Stimme erkennen könnte. „Ich… ja, ich bin neu im Café, erst seit ein paar Tagen dabei. Mein Name ist Elias."

Ein zartes Lächeln umspielte ihre Lippen. „Elias. Ich heiße Leandra. Freut mich, Ihre Stimme kennenzulernen."

Er erwiderte ihr Lächeln, auch wenn er wusste, dass sie es nicht sehen konnte. „Sind Sie eine Stammkundin von Madame Yara?"

Leandra spielte weiter mit dem Saum ihrer Jacke. „Nicht direkt. Aber ich liebe die Klaviermusik, die hier manchmal gespielt wird. Normalerweise kommt ein Pianist am frühen Abend, und ich lausche den Stücken. Es ist ein kleiner Luxus, den ich mir gönne, wenn ich nicht gerade selbst spiele."

„Sie spielen Klavier?" Elias spürte ein plötzlichen Anflug von Neugier.

Leandra nickte. „Ja, schon seit meiner Kindheit. Als ich erblindete, wurde das Klavierspiel zu meiner Art, die Welt zu sehen – oder besser gesagt, sie zu empfinden."

Elias wollte noch etwas fragen, doch in diesem Moment schlug die Tür auf. Ein Mann in schäbiger, dunkler Kleidung trat ein, eine Geige unterm Arm, die Haare zerzaust und den Blick gehetzt. Er lief direkt auf Leandra zu. „Da bist du ja!", rief er. „Warum bist du schon da? Ich dachte, du wolltest auf mich warten."

Sie runzelte die Stirn. „Ich bin doch hier, Xaver. Und ich hatte nicht vor, ohne dich zu gehen."

Elias spürte ein leises Unbehagen – der Mann wirkte fahrig, fast aggressiv. Als Xaver Elias bemerkte, verfinsterte sich sein Blick. „Wer ist das?"

Leandra legte leicht ihre Hand auf seinen Unterarm, als wollte sie ihn beruhigen. „Das ist Elias, er arbeitet hier im Café. Er war so freundlich, mich zum Tisch zu führen."

Xaver stieß ein schnaubendes Geräusch aus, dann zog er sich einen Stuhl heran, ohne Elias eines weiteren Wortes zu würdigen. „Bring mir einen Kaffee, aber schnell", brummte er.

Elias spürte einen Anflug von Zorn in sich aufsteigen. Früher hätte er womöglich in seinem Stolz verletzt reagiert. Doch er atmete durch und nickte nur. „Kommt sofort."

Während er hinter den Tresen ging, warf ihm Madame Yara einen missbilligenden Blick zu. „Lass dich von solchen Menschen nicht unterbuttern. Manchmal sind die Schlitzohren aus dem Hafenviertel wilder als hungrige Hunde."

Elias runzelte die Stirn. „Kennst du ihn?"

„Den hab ich schon ein paarmal gesehen. Er spielt manchmal mit seiner Geige in den Gassen, um ein paar Münzen zu verdienen. Doch er ist nicht wirklich beliebt. Er hat die Angewohnheit, Leute anzupöbeln, wenn es ihm nicht schnell genug geht."

Elias stellte den Kaffee fertig und brachte ihn an den Tisch. Xaver schnappte sich die Tasse, als hinge sein Leben davon ab, und nahm einen hastigen Schluck. Leandra wirkte in seiner Gegenwart seltsam angespannt. Sie klopfte nervös mit den Fingern auf die Tischplatte, als suchte sie nach den richtigen Worten.

Erst, als sich das Café etwas leerte, konnte Elias kurz an den Tisch treten, um abzuräumen und zu fragen, ob es noch Wünsche gab. Xaver lehnte sich zurück, ein spöttisches Grinsen auf den Lippen. „Bist du so eine Art Retter, was? Schmeißt man dich deswegen hier rum? Ich hab gehört, Madame Yara wählt ihre Leute nicht immer nach Qualifikation aus."

Elias blieb ruhig. „Ich habe lediglich meinen Job gemacht, als ich Leandra zum Tisch begleitet habe. Wenn du noch etwas möchtest, sag es mir."

Leandra wirkte verlegen. „Xaver, bitte…"

Dieser zuckte mit den Schultern. „Schon gut." Er nahm seine Geige vom Boden auf, strich mit den Fingern über die Saiten. „Ich wollte eigentlich mit Leandra ein bisschen musizieren. Aber hier ist es mir zu laut. Außerdem kann ich es mir nicht leisten, ewig im Café rumzuhängen, wenn ich nicht spiele und damit Geld verdiene."

Ein leichtes Zittern lief über Leandras Züge. „Es ist doch nur ein Kaffee…"

Xaver stand auf, schob den Stuhl unsanft zur Seite. „Ich geh. Wenn du noch weiter hierbleiben willst, nur zu. Ich übe später im Probenraum. Wir müssen die Stücke für den nächsten Auftritt durchgehen." Er drehte sich zu Elias. „Viel Spaß noch mit deiner Heldentat."

Bevor Elias antworten konnte, trat Xaver hinaus, die Tür knallte laut hinter ihm zu. Einige Gäste drehten sich verwundert um.

Leandra saß regungslos da, die Finger in ihrem Schoß verschränkt, als müsse sie sich selbst beruhigen.

Nach kurzem Zögern trat Elias näher. „Alles in Ordnung bei Ihnen?"

Leandra atmete tief ein und fuhr sich mit einer Hand durch den Haaransatz. „Ja… Nein. Es ist kompliziert. Xaver und ich spielen seit Jahren zusammen. Er hat sein eigenes Temperament, nennen wir es so. Ohne ihn hätte ich manche Auftritte nicht bekommen, aber gleichzeitig…" Sie brach ab, als fürchtete sie, zu viel zu verraten.

Elias überlegte kurz. „Wollen Sie, dass ich Ihnen vielleicht helfe, wenn Sie gehen möchten? Oder möchten Sie noch bleiben, bis der Pianist heute Abend hier auftritt?"

Sie lächelte matt. „Vielleicht bleibe ich noch ein wenig. Ich mag die Atmosphäre hier, auch wenn es etwas laut ist. Und Sie klingen wie ein freundlicher Mensch, Elias."

Er wusste nicht, weshalb, aber ihre Worte berührten ihn mehr, als er zugeben wollte. „Dann bringe ich Ihnen vielleicht eine Tasse Tee? Der ist etwas sanfter als Kaffee, den Sie eben gerochen haben."

Leandra stimmte zu, und Elias bereitete ihr einen Kräutertee, den Madame Yara gerne anbot. In den folgenden Stunden fiel ihm auf, wie oft sein Blick zu Leandras Tisch wanderte. Sie saß still da, manchmal legte sie den Kopf schief, als höre sie einem Gespräch von weit her zu, manchmal fuhr sie mit den Fingerspitzen den Rand ihrer Tasse entlang. Eine leise Melancholie umgab sie, aber zugleich strahlte sie eine innere Gelassenheit aus, die Elias faszinierte.

Als der Trubel nachließ und einige Gäste bereits gegangen waren, fragte Elias sie, ob sie jemanden hätte, der sie nach Hause begleitete. Sie zögerte. „Eigentlich sollte Xaver das tun, aber wie du gesehen hast…"

Elias nahm seinen Mut zusammen. „Ich könnte Sie begleiten, wenn Sie möchten. Ich habe sowieso Feierabend in einer Viertelstunde."

Leandra lächelte fast erleichtert. „Das wäre sehr freundlich von dir. Ich wohne nicht weit, gleich hinter dem Marktplatz."

Und so kam es, dass Elias sich wenig später mit ihr auf den Weg machte. Die Gassen Vinedos lagen nun in der milden Abendstimmung, das Tageslicht wich allmählich einem goldenen Schimmer, und in der Ferne hörte man Musikfetzen von Straßenmusikanten, das Lachen von Kindern, die noch draußen spielten. Leandra hakte sich leicht bei Elias ein, sodass er sie sicher zwischen den unebenen Pflastersteinen hindurchführen konnte.

„Es ist ungewohnt", sagte er leise, als sie durch eine Engstelle zwischen den Häusern schritten. „Ich bin früher nie viel zu Fuß unterwegs gewesen. Und jetzt…"

Leandra drehte ihren Kopf in seine Richtung, spürbar aufmerksam. „Vor deiner Zeit hier im Café – warst du in einer anderen Stadt?"

„Ja", erwiderte Elias ausweichend. „Eine Stadt, die ich gut kannte und die mich trotzdem irgendwann… erdrückte. Ich… wollte raus."

Sie schwieg eine Weile, dann meinte sie leise: „Manchmal stellen wir uns unsere Rettung anders vor, als sie letztlich kommt. Ich hatte vor Jahren einen schweren Unfall, bei dem ich mein Augenlicht verlor. Ich dachte, mein Leben sei vorbei. Doch dann entdeckte ich das Klavier neu. Es wurde mein Flügel in eine andere Welt. Ich erlebte Melodien nicht mehr nur als Klang, sondern als Farben in meiner Vorstellung, als Bilder, die ich erfühle, während meine Finger über die Tasten gleiten."

Elias hörte jede Nuance in ihrer Stimme. „Kann ich dich etwas Persönliches fragen?"

Sie lächelte schwach. „Natürlich."

„Hast du nie das Gefühl, etwas zu vermissen? Ich meine…" Er zögerte. „Ich kann mir nicht vorstellen, wie es ist, die Welt nicht mehr zu sehen."

Leandra blieb kurz stehen. Sie legte den Kopf in den Nacken, als lausche sie auf ein fernes Geräusch – vielleicht das Rauschen des Windes in den Gassen. „Natürlich vermisse ich vieles. Die Gesichter meiner Eltern, die Farben eines Sonnenuntergangs. Aber du wirst überrascht sein, wie viel man sehen kann, ohne die Augen zu gebrauchen. Ich höre die Welt, ich fühle sie, ich rieche sie. Manchmal gibt mir das mehr als der flüchtige Blick, den andere auf die Wirklichkeit werfen."

Elias war berührt. In ihren Worten lag eine Sanftheit, die er nicht erwartet hatte, und er verspürte eine seltsame Sehnsucht danach, die Welt mit ihren Sinnen zu begreifen – jenseits des bloßen Sehens.

Sie erreichten schließlich ein kleines, schmales Haus, vor dem ein blau gestrichenes Geländer ragte. „Hier wohne ich", sagte Leandra. „Vielen Dank für deine Begleitung, Elias."

Er setzte zum Abschied an, doch sie hielt ihn am Ärmel zurück, sanft, aber bestimmt. „Würdest du noch kurz hereinkommen? Nur ein paar Minuten. Ich wollte dir etwas zeigen."

Elias zögerte zunächst. Er wusste nicht, ob das angebracht war, aber ihre Stimme klang so aufrichtig, dass er sich entschied, ihrem Wunsch zu folgen. Also stiegen sie die enge Treppe hinauf in ein kleines, behagliches Wohnzimmer. Dort stand ein Klavier mit geschlossener Klaviatur. An den Wänden hingen Bilder, Fotografien in Schwarz-Weiß und einige Farbgemälde, die Elias nicht zuordnen konnte.

Leandra tastete sich an den hölzernen Hocker vor dem Klavier, ließ ihren Stock an der Wand lehnend zurück. „Setz dich ruhig irgendwohin", sagte sie.

Elias zog sich einen Stuhl heran und sah zu, wie Leandra den Klavierdeckel öffnete. Ihre Finger glitten suchend über die Tasten, dann spielte sie eine leise Tonfolge, als teste sie die Stimmung. Elias, der sich nie besonders musikalisch gefühlt hatte, horchte auf die ersten Töne. Sie erklangen zart, fast wie eine Frage an den Raum.

Dann begann Leandra ein Stück, das Elias nicht kannte, eine ruhige Melodie mit verharrenden Tönen, die sich allmählich in eine sanfte, melodische Welle verwandelten. Er fühlte eine Wärme in seiner Brust, ein leises Ziehen, so als erfülle die Musik die Risse in seinem Inneren. Ihr Spiel war klar, gefühlvoll und doch leicht. Mit geschlossenen Augen stellte er sich vor, wie sie ihre Hände über die Tasten gleiten ließ, ohne sie zu sehen, allein geleitet von Instinkt, Erinnerung und Gefühl.

Als das Stück verklang, blieb eine Stille zurück, in der man den Atem beider hören konnte. Elias öffnete die Augen, und er sah, dass Leandras Lider halb gesenkt waren, als würde sie die letzten Töne noch in sich nachschwingen lassen.

„Wunderschön", sagte er leise, weil ihm kein anderes Wort angemessen erschien.

Leandra atmete aus, als legte sie all ihre Anspannung in diesen Atemzug. „Weißt du, ich habe schon oft für Menschen gespielt. Manche haben mir dafür Geld gegeben, manche haben einfach nur zugehört. Aber selten habe ich das Gefühl, wirklich in ihr

Innerstes zu sprechen. Bei dir…" Sie hielt kurz inne. „Ich spüre, dass du diese Melodie brauchst."

Elias schluckte. „Warum denkst du das?"

Sie legte die Hände langsam in ihren Schoß, ihre Augen blickten immer noch ins Leere. „Weil deine Stimme einen Schmerz trägt, den du nicht aussprichst. Ich kenne das. Wenn ein Mensch sich fragt, wer er ist, verliert er sich oft in äußeren Dingen – in Status, in Zielen, in Erfolgen. Oder er verliert sich in Dunkelheit. Die Musik kann diese Leere durchbrechen, wenn wir es zulassen."

Elias wusste nicht, ob ihm gerade die Worte fehlten oder ob sein Herz schlicht zu laut klopfte, um klare Gedanken zu fassen. Er wusste nur, dass etwas in ihm resonnierte – eine Stimme, die sagte: *Sie hat recht. Du bist hier, weil du dich selbst verloren hast.*

Schließlich räusperte er sich. „Ich danke dir. Das war… großartig. Und sehr berührend."

Leandra lächelte sanft, als ob sie spürte, dass ihre Musik etwas in ihm bewegt hatte. „Vielleicht kannst du mir das nächste Mal erzählen, wovor du geflohen bist, Elias."

Er erhob sich, etwas unsicher auf den Beinen. „Vielleicht", antwortete er nur. „Ich muss jetzt zurück. Adolfo und sein Enkel warten wahrscheinlich auf mich. Aber… ich würde gern wiederkommen, um dir zuzuhören."

Leandra nickte. „Ich würde mich freuen."

Als Elias das Haus verließ, empfand er eine sonderbare Mischung aus Erleichterung und Sehnsucht. Er dachte an Xaver, den streitsüchtigen Geiger, und fragte sich, warum Leandra mit jemandem musizierte, der anscheinend wenig Respekt für sie hatte. Doch es war nicht seine Sache, sich einzumischen. Er spürte nur, dass er Leandra wiedersehen wollte – nicht nur, um ihre

Musik zu hören, sondern um jene Klarheit zu erfahren, die sie ausstrahlte. Eine Klarheit, die nichts mit den Augen zu tun hatte, sondern mit dem Herzen.

Die folgenden Tage im Café verliefen eintönig und doch auf merkwürdige Weise beruhigend. Elias arbeitete fleißig, nahm Bestellungen auf, lernte Stammgäste kennen und versuchte, in den stilleren Stunden das Notizbuch zu entschlüsseln. Doch jede Seite blieb ein Rätsel: seltsame Symbole, die manchmal an Grundrisse von Bauwerken erinnerten, kombiniert mit Worten in einer fremden Sprache. Er hatte das Gefühl, eine Spur zu suchen, von der er nicht wusste, wohin sie führte.

Manchmal tauchte Xaver im Café auf, hielt sich jedoch meist an der Theke auf, trank Kaffee oder Wein und warf Elias missmutige Blicke zu. Einmal, als sie alleine waren, zischte er: „Du weißt nicht, was Leandra alles durchgemacht hat. Halt dich raus, wenn dir dein Frieden lieb ist."

Elias erwiderte nichts, wusste nicht einmal, warum ihn Xaver so sehr anfeindete. Vielleicht spürte dieser, dass Leandra in Elias einen stillen Zuhörer fand, und empfand das als Bedrohung – sei es für ihre musikalische Zusammenarbeit oder aus einer Eifersucht, die Elias nur erahnen konnte.

An einem Abend, als das Café langsam schloss, saß Elias noch an einem Tisch, um die letzten Notizen von Madame Yara über den Wareneinkauf durchzusehen. Durch das Fenster schimmerte der Mond, die Straßenlaternen gaben ein fahles Licht ab. In der Ferne erklang eine sanfte Melodie – ein Klavier, das sich mit dem Wind mischte. Elias legte den Stift beiseite und lauschte. Er erkannte die Klänge. Leandras Stück.

Hastig hängte er seine Schürze an den Haken und trat hinaus in die Nacht. Er folgte der Musik, die sich wie ein dünner Faden durch die schlafenden Gassen zog. Vor einer kleinen Taverne, deren Fenster weit geöffnet waren, blieb er schließlich stehen. Drinnen, in einem gedämpften Licht, stand ein verstimmtes Klavier. Leandra saß dort, umringt von ein paar Gästen, die andächtig lauschten. Neben ihr stand Xaver mit seiner Geige – und zum ersten Mal wirkte er nicht zornig oder abweisend. Er spielte mit geschlossenen Augen, während die Geige sich harmonisch mit dem Klavier verband.

Elias blieb vor dem Fenster stehen, wagte nicht, einzutreten. Er beobachtete aus dem Dunkel heraus, wie Leandras Hände mit leichter Sicherheit über die Tasten glitten. Er spürte die Intensität der Musik, die tief in ihm hallte. Und dann geschah etwas Unerwartetes: Leandra hob inmitten ihres Spiels leicht den Kopf und lächelte – so, als wüsste sie, dass Elias gerade da draußen stand und ihr lauschte.

In diesem Augenblick beglückwünschte er sich selbst zu der Entscheidung, nicht zu springen an jenem Abend in seinem alten Leben. Er verstand, dass es hier etwas Kostbares gab, einen wahren Kern, den er früher nie kannte. Er spürte, dass die Reise, die ihm der Architekt verheißen hatte, ihn genau hierher führte: in den Klang der Melodie einer blinden Pianistin, die die Welt tiefer sah als er selbst mit geöffneten Augen.

Xavers Geige erreichte einen zarten Höhepunkt, während Leandra einen letzten Akkord anstimmte. Dann verklang das Stück. Für einen Moment war das Publikum still, fast atemlos. Einzelne begannen zu klatschen, und langsam schwoll der Applaus an. Elias wollte am liebsten ebenfalls die Hände zusammenführen, doch er stand weiter im Schatten, unsichtbar für die anderen.

Leandra erhob sich, ließ sich von Xaver zum Rand des kleinen Podests führen. Ihr Lächeln strahlte eine Ruhe aus, die Elias tief berührte. Er sah in Xavers Miene etwas Sanftes, zumindest für diesen Augenblick. Offensichtlich verband ihre gemeinsame Musik sie auf einer Ebene, die jenseits von Streit und Eifersucht lag.

Elias wandte sich ab und ging lautlos zurück in die Gasse. Er wollte den Zauber dieses Moments nicht stören – und zugleich wollte er ihn in sich bewahren. Er hatte das Gefühl, einen bedeutenden Schritt auf seiner inneren Reise getan zu haben: Er hatte erfahren, wie ein Mensch ohne Augenlicht die wahre Schönheit entfalten und sie an andere weitergeben konnte.

Später, als er in seinem kargen Zimmer in Adolfos Haus saß und in das Notizbuch blickte, schien es ihm, als sähe er in den scheinbar unverständlichen Linien ein Muster – eine Art Notenschrift, aber nicht in der uns bekannten Form. Das war vermutlich ein Trugschluss oder eine Einbildung, hervorgerufen vom Nachklang von Leandras Spiel. Doch es ließ ihn nicht los.

Er erinnerte sich an ihre Worte: *„Manchmal gibt mir das mehr als der flüchtige Blick, den andere auf die Wirklichkeit werfen."* Hatte er selbst nicht auch stets einen flüchtigen Blick auf sein Leben geworfen, als er noch der hocherfolgreiche Architekt war? Hat er je seine wahre Bestimmung gefühlt oder empfunden? Vielleicht lag der Schlüssel nicht nur in seinem Notizbuch, sondern in der Fähigkeit, die Welt anders zu sehen.

Elias fuhr mit den Fingern über die Seiten, als versuche er, die Zeichen zu erfühlen. Er wollte verstehen, was der Architekt von ihm verlangte. *Die Wahrheit über Liebe* – so hatte er diesen Abschnitt der Reise in einer stillen Eingebung genannt. Er wusste nicht, ob er sich bereits verliebte, doch spürte er, dass Leandra und ihre Musik in ihm einen Raum öffneten, der seit Ewigkeiten verschlossen gewesen war: einen Raum, in dem man sich dem Leben hingeben konnte, ohne es kontrollieren zu wollen, in dem die Schönheit nicht von äußeren Erfolgen oder Bestätigung abhing.

Und so beschloss er, dass er am nächsten Tag, nach seiner Schicht im Café, Leandra aufsuchen würde, um sie zu bitten, ihm mehr über ihr Spiel und ihre Sicht auf die Welt zu erzählen. Er ahnte, dass dies der Beginn einer weiteren Prüfung war – einer Prüfung des Herzens.

Während die Nacht sich über Vinedo legte, schlief Elias unruhig, träumte von Tasten, die sich in fremde Symbole verwandelten, und von einer Stimme, die sagte: *„Wenn du lernen willst, musst du die Augen schließen und lauschen.“* Er erwachte im Morgengrauen mit dem Gefühl, dass er einen wichtigen Faden gefunden hatte, der ihn weiterführen würde. Ob es die Melodie war, die Leandra in ihm geweckt hatte, oder ein Funken seines eigenen Mutes, wusste er nicht. Er wusste nur, dass er dem Klang weiter folgen musste, so wie ein Wanderer auf das Lied einer fernen Flöte lauscht und ihm in die unbekannten Weiten folgt.

Als er an diesem Morgen die Stiege zur Buchhandlung herabstieg, begegnete er Adolfo, der ihn nachdenklich musterte. „Guten Morgen, Elias. Du siehst aus, als hättest du etwas auf dem Herzen.“

Elias nickte. „Ich habe neue Fragen. Vielleicht hat die Musik sie in mir geweckt.“

Adolfo griff lächelnd nach einem alten Wälzer, den er auf dem Tisch ausgebreitet hatte. „Fragen sind der Weg. Sie führen uns an

Orte, die wir ohne sie nie erreichen würden. Egal, was du suchst, lass dich nicht entmutigen."

Elias presste die Lippen aufeinander, spürte eine leise Zuversicht. *Ich werde nicht aufgeben,* sagte eine innere Stimme. *Ich werde herausfinden, was es mit diesem Notizbuch auf sich hat – und wie man die Welt mit geschlossenen Augen sehen kann.*

Er nahm seine Tasche und machte sich auf den Weg zum Café. In ihm klang noch immer Leandras Musik nach, so lebendig, als säße sie direkt neben ihm und spielte. Eine Melodie, die in seinem Herzen weiterklang und ihm zuflüsterte, dass der Sinn des Lebens vielleicht nicht in den großen Errungenschaften lag, sondern im Erleben, im Fühlen, im Dahingleiten auf einem Klang, der uns mit etwas Höherem verbindet.

Während er durch die Gassen schritt, reckte er das Gesicht in den beginnenden Tag. Die Sonne stand tief, wärmte sein Gesicht. Für einen Augenblick schloss er die Augen. Und tatsächlich, er konnte andere Sinne schärfen: das Flattern einer Taube auf dem Dachfirst, das ferne Klappern von Hufen auf dem Kopfsteinpflaster, das Kichern eines Kindes, das mit seiner Mutter zum Markt ging.

Er dachte an Leandra und daran, wie sie die Welt hörte und ertastete. Ein vages Lächeln umspielte seine Lippen. *Vielleicht,* so sinnierte er, *ist dies die wahre Schönheit der Dinge: ein Blick, den man nicht mit den Augen empfängt, sondern mit dem Herzen.*

Schatten über Vinedo

Elias erwachte an diesem Morgen mit einem unruhigen Gefühl im Magen. In der Nacht hatte er wirre Träume gehabt: Er stand inmitten eines weiten Raums, dessen Wände sich wie Silhouetten von Häusern abzeichneten – nur, dass sie nach und nach verschwanden, je näher er ihnen kam. Im Zentrum des Raums leuchtete sein Notizbuch wie ein verlorener Stern, und aus der Ferne meinte er, die Klaviermelodie Leandras zu hören.

Als er in das bleiche Licht des Morgens blinzelte, spürte er einen unklaren Druck in seiner Brust, eine Vorahnung, dass dieser Tag etwas Unerwartetes bereithielt. Er schüttelte die Müdigkeit ab und bereitete sich darauf vor, in das Café Marella zu gehen, wo Madame Yara ihn bereits erwarten würde. Auf dem Weg nach unten sah er Adolfo und Sander nicht – beide waren wohl schon früh ausgegangen, um ein paar seltene Bücher in Empfang zu nehmen, wie Sander es am Vorabend angedeutet hatte.

Draußen in den Gassen wirkte Vinedo beinahe friedlich: Die Marktstände waren noch im Aufbau begriffen, die Händler wischten ihre Auslagen ab, und vom Hafen her wehte der salzige Duft von Tang. Elias atmete tief durch und lauschte einen Moment dem Klappern von hölzernen Wagenrädern auf dem Pflaster. Doch obwohl alles vertraut wirkte, konnte er das latente Gefühl der Unruhe nicht abschütteln.

Im Café war die Stimmung eine andere als sonst. Madame Yara wirkte angespannt und warf Elias, kaum dass er eintrat, einen vielsagenden Blick zu. „Endlich bist du da", sagte sie, den Ton gedämpft. „Wir haben heute eine größere Gruppe zu erwarten. Irgendwelche Kaufleute aus dem Umland, die hier ihre Geschäfte besiegeln wollen. Halte dich bereit. Ich brauche deine Hilfe in der Küche und beim Servieren."

Elias band sich rasch die Schürze um und kam kaum dazu, nachzufragen, was genau los war, da klirrte bereits die Ladentür, und ein ganzer Tross von lauten, breit gebauten Männern strömte hinein. Sie hatten staubige Stiefel und trugen grobe Ledertaschen, in denen sicherlich Verträge oder sonstige Papiere steckten. Mit polternder Fröhlichkeit verlangten sie nach Kaffee und einer warmen Mahlzeit.

Der Vormittag verging wie im Flug. Elias beeilte sich, Tassen zu verteilen, Brotkörbe an die Tische zu bringen und gelegentlich Madame Yara in der Küche zu helfen. Er war so sehr in die Arbeit vertieft, dass er erst nach einer Weile bemerkte, dass sich jemand im Schatten eines Fensters niedergelassen hatte: ein Gast, gehüllt in einen dunklen Mantel, der weit über die Schultern fiel, darunter ein einfaches Kleid aus grobem Stoff. Das Gesicht der Person konnte Elias von seinem Winkel aus nicht genau erkennen.

Erst als Madame Yara ihn anwies, dort Kaffee zu servieren, trat er näher und registrierte die Präsenz einer alten Frau, deren Alter schwer zu schätzen war – vielleicht siebzig, vielleicht achtzig Jahre. Aber ihre Haltung war aufrecht, ihr Blick wach. In diesem Moment, als er ihr näherkam, wandte sie den Kopf und sah ihn direkt an.

Elias spürte eine Art elektrisches Kribbeln: Die Augen dieser Frau leuchteten in einem fast unwirklichen Blau, das so klar und hell war, als hätte sich ein Stückchen strahlender Himmel darin gespiegelt. Sie wirkten zugleich jung und uralt, als könnten sie jede Regung seiner Seele erfassen, noch ehe er selbst sie spürte.

„Guten Tag", sagte er höflich und stellte die dampfende Kaffeetasse vor ihr ab. „Darf es sonst noch etwas sein?"

Sie lächelte leicht, ein Lächeln, das im Bruchteil einer Sekunde Wärme, aber auch eine stille Autorität verströmte. „Ich danke dir, mein Junge. Der Kaffee genügt vorerst." Ihre Stimme war leise, mit einem Unterton von Heiserkeit, als wäre sie es gewöhnt, flüsternd zu sprechen.

„Wenn Sie etwas brauchen…", begann Elias, doch sie hob langsam die Hand.

„Vielleicht später." Dann neigte sie den Kopf, die blauen Augen immer noch fest auf ihn gerichtet. „Du bist Elias, nicht wahr?"

Elias stockte. „Woher… woher wissen Sie das?"

„Die Menschen in dieser Stadt reden gern. Sie flüstern von dem Fremden, der im Buchladen arbeitet und im Café aushilft. Und sie sagen, du wärst einst ein großer Architekt gewesen."

Das Herz klopfte ihm bis zum Hals, und einen Moment hatte er das Gefühl, alles um sich herum verschwimme. Wer in Vinedo wusste denn wirklich von seiner Vergangenheit? Vielleicht war es nur Gerede, vielleicht hatte Xaver Gerüchte in Umlauf gebracht – oder jemand anderes, der ihn zufällig erkannt hatte. Er räusperte sich. „Die Leute übertreiben gern. Ich bin nur ein Wanderer, der hier gestrandet ist."

Ein wissendes Funkeln huschte durch ihre Augen. „Sicher, sicher. Aber jede Wanderung hat eine Geschichte, nicht wahr?"

Bevor Elias antworten konnte, rief Madame Yara nach ihm, und er musste zum Tresen zurück. Er versprach sich, später noch einmal zu dieser alten Frau zu gehen und zu fragen, wer sie sei und warum sie ihn kannte. Doch der Ansturm der Kaufleute nahm ihn vollkommen in Anspruch.

Als die Mittagszeit vorüber war und die Gäste sich verzogen, ging er mit einem Tablett umher, um die Tische abzuräumen. Die fremde Frau saß immer noch da, ihre Kaffeetasse geleert, die Hände gefaltet. Sie schien zu warten, und Elias spürte, wie sein Herz schneller schlug. Irgendetwas an ihrer Gegenwart ließ ihn nicht los.

Er näherte sich langsam, unsicher, ob er sie ansprechen sollte. Doch sie erlöste ihn aus seiner Verlegenheit. „Setz dich doch zu mir, Elias", sagte sie in einem Ton, der keine Widerrede zuließ. „Ich habe mehr über dich erfahren, als du ahnst. Und ich weiß, dass du Fragen hast, die du niemandem sonst zu stellen wagst."

Er zögerte, warf einen raschen Blick zu Madame Yara, die jedoch nur mit den Achseln zuckte, als wollte sie sagen: *Mach nur. Sie zahlt immerhin ihren Kaffee.* Also stellte Elias das Tablett beiseite und nahm auf dem Stuhl gegenüber Platz.

„Darf ich wissen, wie Sie heißen?", fragte er leise.

„Nenn mich Alenja. Ich bin nur eine alte Frau, die mehr gesehen hat, als ihr manchmal lieb ist." Ihre Stimme hatte nun etwas Sanftes. Sie beugte sich ein wenig vor, und Elias sah, wie tief die Falten in ihrem Gesicht waren – Furchen, die Geschichten von Jahren erzählten, von denen er nichts ahnte. Aber in ihren Augen glimmte ein lebhafter Funke, der sie viel jünger erscheinen ließ, als es ihre gebückte Haltung vermuten ließ.

Er fühlte sich merkwürdig nackt unter diesem Blick, dennoch fragte er: „Wie kommen Sie darauf, dass ich Fragen habe?"

„Ach, mein Junge." Alenja nahm die Kaffeetasse in beide Hände, obwohl sie längst leer war, als suche sie in deren Wärme Trost. „Mir ist zu Ohren gekommen, dass du seit einer Weile in Vinedo bist und stets ein altes Notizbuch mit dir herumträgst – eines, in dem fremde Zeichen stehen. Und dass du manchmal auf dem Dachboden des Buchladens sitzt, verzweifelt versuchend, diese Zeichen zu entziffern."

Elias wurde heiß und kalt zugleich. Tatsächlich hatte er einmal mit Sander oben im staubigen Dachstuhl gesessen, um ungestört an den rätselhaften Schriftzeichen zu tüfteln. Hatte Sander oder Adolfo etwas ausgeplaudert? Oder hatte sie es nur zufällig mitbekommen?

Alenja fuhr mit sanfter Stimme fort: „Diese Stadt ist alt und voller Geheimnisse, Elias. Manche davon sind verborgen in Büchern, andere in den Mauern selbst. Und wieder andere tragen Menschen in ihren Herzen, ohne es zu wissen."

Er spürte, wie sein Puls raste. „Kennen Sie… kennen Sie die Schrift? Oder die Symbole?"

Ihre Lippen verzogen sich zu einem rätselhaften Lächeln. „Ich kenne viele Schriften. Ich bin in meinen jüngeren Jahren weit gereist, habe Klöster und Bibliotheken besucht, die längst in Vergessenheit geraten sind. Vielleicht kann ich dir helfen. Wenn du mir vertraust."

Elias dachte an den Architekten, an das Versprechen, das er auf dem Dach jenes Abends gegeben hatte, an die Leere, die er in seinem alten Leben gespürt hatte. Er dachte an die Begegnung mit Leandra, an ihre Musik, an das Notizbuch, das ihn wie ein unsichtbarer Kompass leitete. *Sollte diese Frau wirklich eine Spur für mich haben?*

Er hatte das Notizbuch heute nicht bei sich im Café; er ließ es mittlerweile meist in seinem Zimmer, um es vor neugierigen Blicken zu schützen. Also sagte er zögernd: „Ich… würde mich freuen, wenn Sie es sich ansehen könnten. Aber ich habe es gerade nicht hier."

Alenja nickte. „Nun, dann komm heute Abend in mein Haus. Ich wohne in der Nähe des alten Brunnens, gleich unterhalb der Stadtmauer. Du wirst das blaue Holztor erkennen. Bring das Notizbuch mit. Dann sehen wir weiter."

Ehe Elias etwas entgegnen konnte, erhob sie sich mit einer erstaunlichen Geschmeidigkeit, legte einige Münzen für den Kaffee auf den Tisch und griff nach ihrem Mantel. Ehe sie zur Tür trat, wandte sie sich noch einmal zu ihm um, ihre leuchtend blauen Augen schienen in sein Innerstes zu blicken. „Hüte dich vor den Schatten, die in deinem Herzen lauern. Nicht jeder Pfad, der dir offensteht, führt zum Licht."

Dann war sie fort, und die Tür schlug hinter ihr ins Schloss. Elias blieb sitzen, erfüllt von einer seltsamen Mischung aus Neugier, Unbehagen und Hoffnung.

Am späten Nachmittag verabschiedete er sich von Madame Yara, die ihm einen kurzen Dank für seine Hilfe murmelte. Sie war zu sehr damit beschäftigt, den nächsten Schwung Kuchenteig zuzubereiten, um ihm größere Aufmerksamkeit zu schenken. Elias machte sich auf den Weg zu Adolfos Buchladen, um sein Notizbuch zu holen und sich vorzubereiten.

Unterwegs erlebte er etwas, das die Unruhe in seinem Herzen noch verstärkte: Er sah Xaver, den Geiger, der sich heftig mit Leandra zu streiten schien. Sie standen in einer engen Seitengasse, in der das grelle Licht der tiefer stehenden Sonne lange Schatten warf. Xavers Stimme klang erregt, fast wütend. Leandra hingegen sprach leise, aber mit einer Härte, die Elias so noch nicht von ihr kannte.

Er verharrte an der Ecke, ohne bemerkt zu werden. Er hörte nur Fetzen ihres Streits:

„… unzuverlässig geworden… du hörst mir gar nicht mehr zu!"<

„… ich brauche Zeit, Xaver, das ist mein Leben… du machst es mir nicht leichter."<

„Zeit? Wir haben diesen Auftritt! Ich kann nicht alles alleine tragen!"<

Leandra wandte sich ab, die Finger krampften sich um ihren Gehstock. Ihr Körper zitterte leicht, als unterdrücke sie Tränen oder Wut. Xaver machte einen hastigen Schritt vor, als wollte er sie am Arm packen. Doch Leandra wich zurück.

Elias spürte, wie sein Herz sich zusammenzog. Er wollte eingreifen, sie beschützen – doch wagte er es nicht, sich in etwas einzumischen, das ihn nichts anging. Plötzlich drehte sich Xaver um und entdeckte ihn. In seinen Augen flackerte eine Mischung aus Hass und Verletztheit.

„Ah, da haben wir ja den edlen Ritter, der die blinde Prinzessin beschützen will", höhnte er, obwohl seine Stimme kaum einen sachlichen Klang hatte.

Leandra schien Elias' Anwesenheit nun ebenfalls zu bemerken. Sie richtete sich auf, atmete tief durch und murmelte etwas Unverständliches, vielleicht eine Dankesfloskel an Xaver, bevor sie sich abwandte und mit zügigen Schritten die Gasse entlanglief. Xaver blieb stehen, die Geige immer noch unter den Arm geklemmt.

Elias trat langsam vor, unsicher, was er sagen oder tun sollte. „Ist… ist alles in Ordnung?"

Xaver gab ein kurzes, hohles Lachen von sich. „Zwischen uns ist gar nichts in Ordnung. Aber das geht dich nichts an. Meinst du, nur weil sie hin und wieder mit dir redet, würde sie dir gehören? Sie braucht mich, verstehst du? Ohne meine Kontakte gäbe es ihre Auftritte nicht!"

Elias wusste, dass Xaver irrte – oder sich belog. Doch er wusste auch, dass jede Diskussion nur weiteres Unheil bringen würde. Also schüttelte er stumm den Kopf und ging weiter.

Während er Richtung Buchladen ging, schmerzten ihn Leandras gequälte Züge mehr, als er zugeben mochte. Er hatte sie als anmutige, sensible Frau kennengelernt, die ihre Blindheit mit einer bewundernswerten Würde trug. Xavers Verhalten ließ ihn Böses ahnen. Was, wenn dieser Mensch sie nicht nur musikalisch abhielt, sondern auch auf einer anderen Ebene kontrollierte?

Er beschloss, später mit Leandra zu reden, wenn sich die Gelegenheit ergab. Vielleicht brauchte sie nur einen Freund, jemanden, der sie anhörte und nicht ihre Fähigkeiten ausnutzte. Doch an diesem Abend hatte er ein anderes Versprechen einzulösen: den Besuch bei Alenja.

Im Buchladen fand er Adolfo und Sander, die eifrig Bücher sortierten, die sie aus einem alten Nachlass bekommen hatten. Elias grüßte beide rasch, bat sie um Verzeihung, dass er sich nicht beteiligen konnte, und erklärte, er müsse dringend zu jemandem, der ihm vielleicht bei seinem Notizbuch helfen könne. Adolfo warf ihm einen scharfsinnigen Blick zu. „Ich verstehe", sagte er schlicht. „Ich wünsche dir Glück, Elias. Manchmal finden wir Hinweise, wo wir sie am wenigsten vermuten."

Elias nahm das Notizbuch an sich und lief los, den Weg hinauf zur alten Stadtmauer. Die Straßen waren um diese Stunde bereits leerer, der Sonnenuntergang tauchte die Häuser in ein rosiges Licht. Er fand den erwähnten Brunnen – ein steinernes Relikt mit moosbewachsener Umrandung – und dahinter ein schmales, blau gestrichenes Tor in einer Mauer, die zu einem leicht verwilderten Garten gehörte.

Er zögerte kurz und klopfte dann an. Nichts rührte sich. Er klopfte erneut, lauter. Schließlich hörte er ein Schlurfen, und das Tor öffnete sich einen Spalt breit. Alenja stand dort, ein Tuch um die Schultern gelegt, ihre leuchtenden Augen wirkten in der Dämmerung beinahe übernatürlich.

„Komm rein, Elias", sagte sie, ohne ihn zu begrüßen.

Der Garten dahinter war voller wuchernder Sträucher und halb verwelkter Blumen, die sich in den späten Abend neigten. In der Mitte führte ein schmaler Pfad zu einer kleinen Tür im Nebengebäude. Dort deutete Alenja mit einer Kopfbewegung hin, und Elias folgte ihr.

Im Inneren des Hauses war es schummrig, nur wenige Kerzen spendeten Licht. Alte Möbel, Regale mit Büchern und Pergamentrollen reihten sich aneinander. Einher ging ein starker Geruch nach Kräutern, die in Bündeln von der Decke hingen. Ein knarrender Boden unter seinen Füßen schien jedes seiner Schritte lauter klingen zu lassen, als wäre das Haus voller Ohren.

„Setz dich", sagte Alenja und wies auf einen alten Tisch mit zwei Stühlen. „Zeig mir das Buch."

Elias legte das Notizbuch vorsichtig auf den Tisch. Alenja zündete eine weitere Kerze an, stellte sie so, dass das Licht auf die Seiten fiel, und begann, die ersten Blätter durchzublättern. Ihre Finger glitten über die kryptischen Symbole, und ab und zu hob sie den Blick, um Elias aus ihren hellen Augen zu mustern.

„Hm", murmelte sie nach einer Weile. „Vieles hier erinnert an alte Schriften, die ich einst in einem Kloster im Norden gesehen habe, aber es sind auch moderne Elemente darin, sogar Architekturskizzen. Es wirkt wie ein Hybrid, eine Zusammensetzung verschiedener Codes. Merkwürdig…" Sie rückte näher an die Kerze heran, als bräuchte sie mehr Licht, obwohl ihre Augen so klar wirkten.

Elias' Herz klopfte. „Können Sie etwas davon entziffern?"

Alenja schwieg eine Weile. Dann drehte sie den Kopf in seine Richtung. „Einige Zeichen scheinen zu einem Runenalphabet zu gehören. Andere könnten auf geometrische Modelle hindeuten, die man bei Bauplänen verwendet. Und wieder andere…" Sie schlug eine Seite auf, auf der ein Kreis in ein Dreieck gezeichnet war, umrankt von seltsam geschwungenen Mustern. „Das hier ist kein bloßes Ornament. Das ist…"

Sie brach ab, als draußen plötzlich ein lautes Scheppern ertönte, gefolgt von eiligem Poltern. Elias fuhr zusammen, sprang auf die Beine, während Alenja nur gelassen den Kopf wandte. „Sei vorsichtig", flüsterte sie.

Vorsichtig trat Elias zur Tür und lugte hinaus in den Garten. Nichts zu sehen. Doch das Tor zum Hof stand offen, das blaue Holz flackerte im Schein einer fahlen Laterne, die an der Mauer hing. Der Abendwind raschelte in den Sträuchern.
Er trat noch einen Schritt hinaus. Da war niemand, soweit er erkennen konnte. Doch ein merkwürdiges Gefühl beschlich ihn, als sei jemand kürzlich geflohen, erschrocken von dem, was er hier gesehen oder gehört hatte.

„Niemand da", sagte Elias leise und kehrte zurück zu Alenja, die auf ihrem Stuhl sitzen geblieben war.

„Vielleicht hat sich nur ein Streuner verlaufen", meinte sie, doch ihre Augen hatten einen wachsamen Glanz. Dann zeigte sie wieder auf das Notizbuch. „Sieh her. Dieser Kreis im Dreieck könnte ein uraltes Symbol sein. In manchen Überlieferungen steht es für die Verbindung zwischen Körper, Geist und… etwas

Höherem. Eine Art göttliche Geometrie. Aber was genau es in deinem Buch bedeutet, weiß ich noch nicht."

Elias ließ sich wieder auf seinen Stuhl sinken. „Meinen Sie, es hat mit dem Architekten zu tun – jenem Mann, der mich damals fand?"

Alenja runzelte die Stirn. „Der Architekt? Ein sonderbarer Name… Vielleicht. Aber es könnte ebenso gut ein Hinweis sein, dass du selbst diesen Weg gehen sollst. Dein Name ist bekannt in diesen Mauern, Elias, wenn auch nur wie ein Wispern. Doch mir scheint, du bist auf einer Reise, die größer ist als du ahnst."

Elias schlang die Arme um seinen eigenen Körper, als fröre er in der kühlen Nachtluft. „Ich will einfach nur wissen, warum ich hier bin. Was dieses Buch mir sagen soll."

Alenja legte ihre Hand auf seine – eine Berührung, sanft wie warmer Wind, doch zugleich voller Intensität. „Manchmal müssen wir erst durch eine Dunkelheit gehen, ehe wir erkennen, wofür das Licht uns ruft. Ich werde versuchen, Teile des Buches zu entschlüsseln. Aber es braucht Zeit. Versprich mir, dass du geduldig bist."

Er nickte zaghaft. „Ja. Danke."

Sie schlug das Notizbuch zu und gab es ihm zurück. „Komm in ein paar Tagen wieder. Ich werde alte Aufzeichnungen heraussuchen, vielleicht finde ich Parallelen. In der Zwischenzeit… pass auf dich auf. Und halte deine Augen offen – nicht nur für das, was man sehen kann, sondern auch für das, was man spürt. Das ist manchmal wichtiger."

Elias erhob sich. Er hätte gern noch mehr gefragt, etwa was sie von Leandra oder Xaver hielt oder ob sie wüsste, was die bohrende Unruhe in ihm bedeutete. Doch etwas in ihrem Blick ließ ihn erkennen, dass sie für heute genug gesagt hatte.

Er verabschiedete sich leise und trat hinaus in den nun völlig finsteren Garten. Der Mond war aufgegangen, dessen silbernes Licht durch die Bäume fiel und geisterhafte Schatten auf den Weg warf. Er spürte einen Kloß im Hals, als er an das Notizbuch und Alenjas Worte dachte. *Eine Reise, größer als ich ahne...*

Doch als er das Tor hinter sich schloss und den Hang hinabging, drängten sich wieder andere Gedanken in den Vordergrund: *Wer hatte vorhin bei Alenjas Haus herumgeschlichen?* Und was trieb Xaver an, dass er Leandra offenbar so bedrängte?

Mit jedem Schritt auf dem Kopfsteinpflaster, während das Licht der Laternen ihm den Weg wies, wurde Elias bewusst, dass sich die Taten jener Nacht verknüpften wie die Fäden eines gespannten Netzes. Alenjas Auftauchen und ihr Versprechen, das Rätsel des Notizbuchs zu lüften, stand in seltsamem Kontrast zu den Schatten, die um ihr Haus schlichen. Und Leandras Konflikt mit Xaver... Elias hatte das Gefühl, darin lag mehr, als ein Streit zwischen Musikern.

Am Ende der Gasse bog er ab Richtung Buchladen, wo ihn sein karges Zimmer erwartete. Ein kalter Wind kam von der Meeresseite auf, und er fröstelte in seinem dünnen Mantel. Plötzlich sehnte er sich nach Leandras beruhigenden Tönen, nach ihrer Art, die Welt zu sehen, ohne wirklich hinzuschauen, und dennoch ihre Tiefen zu erfassen.

Kurz bevor er das Haus erreichte, hielt er inne. Er hörte ein leises Schluchzen – oder war es nur der Wind, der in den Ecken der Gebäude heulte? Er lauschte, Schritte hallten, irgendwo fiel eine Tür ins Schloss. Dann war Stille.

Mit einem letzten Blick zum mondbeschienenen Himmel ging Elias hinein. In ihm tobte ein Sturm aus Fragen und Gefühlen. Noch nie war ihm so klar geworden, wie sehr dieses Leben in

Vinedo nicht einfach nur ein Neubeginn war, sondern eine Entdeckungsreise in sein eigenes Inneres. Er war bereit, sie fortzusetzen, auch wenn ein beunruhigendes Frösteln in ihm blieb, wenn er an Alenjas rätselhafte Worte dachte: *„Hüte dich vor den Schatten in deinem Herzen."*

In dieser Nacht fand er nur schwer Schlaf. Immer wieder tauchte das Bild der alten Frau mit den leuchtend blauen Augen vor seinem inneren Auge auf, gemischt mit Leandras Gesicht, das so verletzt gewirkt hatte. Mehrmals fuhr er hoch, lauschte in die Dunkelheit, als erwartete er jeden Moment, dass jemand an seine Tür pochen würde. Doch nichts geschah.

Er wusste, dass die Spannung sich zuspitzte, dass sich Fäden zusammenzogen, die irgendwann ein Muster ergeben würden – ein Muster, das womöglich sein eigenes Schicksal in sich barg. Und so lag er lange wach, bis der Morgen graute und ihn in das nächste Kapitel seiner ungewissen Reise entließ.

Flackernde Wahrheiten

Elias erwachte an diesem Morgen mit einem leicht schwindenden Gefühl im Kopf, als hätte er die halbe Nacht in einer endlosen Schleife geträumt. Tatsächlich war er mehrmals hochgeschreckt, verfolgt von vagen Bildern: Ein blaues Tor im Mondlicht, Alenjas durchdringende Augen, Leandra, die weinend an einem Klavier saß, Xaver, dessen Silhouette in einer finsteren Gasse verschwand. All das spielte sich in seinem Inneren ab, als suchten seine Gedanken fieberhaft nach einem Zusammenhang, den er noch nicht verstand.

Er presste die Hand gegen seine Schläfe, um das Dröhnen zu beruhigen. Die ersten Sonnenstrahlen tasteten sich durch das schmale Fenster seines Zimmers, und draußen verkündeten die üblichen Geräusche Vinedos den Beginn eines weiteren Tages: das Scharren der Marktleute, das Läuten einer alten Glocke, die Rufe von Fischern, die ihre Ware anboten. Elias seufzte tief. *Hüte dich vor den Schatten in deinem Herzen*, hatte Alenja gemahnt. Diese Worte bohrten sich immer wieder in seine Gedanken.

Unten im Buchladen war Sander bereits wach. Der Junge stöberte in einem Stapel neuer Bücher, sortierte sie in kleine Kartons und kritzelte Bestellnummern darauf. Er riss den Blick kaum von seiner Arbeit, als Elias die knarrende Treppe herunterkam.

„Elias", grüßte er kurz angebunden. „Du siehst müde aus. Hast du schlecht geschlafen?"

„Das kann man so sagen", erwiderte Elias und rieb sich den Nacken. Dann blickte er sich um. „Wo ist Adolfo?"

„Er ist in der Stadt, um mit einem Händler wegen eines neuen Konvoluts zu verhandeln. Wahrscheinlich bis zum Mittag unterwegs. Und du? Gehst du ins Café?"

Elias zögerte. Er hatte Madame Yara am Abend zuvor Bescheid gegeben, dass er heute später kommen würde, weil er ein paar Erledigungen habe. „Später, ja. Erst muss ich etwas klären."

Er wollte nicht ins Detail gehen, und Sander stellte auch keine Fragen. Elias nahm sich stattdessen ein kleines Stück Brot vom Tresen, steckte es in den Mund und verließ den Buchladen in Richtung der oberen Stadtviertel. Noch im Hinausgehen fragte er sich, ob er die Zeit haben sollte, mit Leandra zu sprechen. Sein Herz zog sich unangenehm zusammen, als er an ihre Begegnung mit Xaver dachte. Doch er hatte keine Ahnung, wo sie sich gerade aufhielt. *Vielleicht später*, beschloss er, *zuerst will ich Alenja ein wenig Raum lassen, um das Buch zu studieren.*

Die Luft war an diesem Morgen kühl, trotz der Sonne. Elias schlenderte durch die schmalen Gassen, nickte gelegentlich den Leuten zu, die er schon kannte, ohne sich lange aufzuhalten. Er folgte keinem konkreten Ziel, ließ seine Beine ihn tragen, wohin sie wollten. Dabei drang das geschäftige Treiben des Marktplatzes an sein Ohr: Händler und Kundschaft, die miteinander feilschten, das Klappern von Wagenrädern, das Wiehern eines Pferdes.

Irgendwann fand er sich vor einer alten Steinbrücke wieder, die über einen kleinen Kanal führte. Auf der anderen Seite begann ein verwilderter Gartenstreifen, der Teil eines verlassenen Anwesens zu sein schien. Hier war kaum ein Mensch unterwegs, nur ein paar Tauben pickten an Kieselsteinen herum. Elias lehnte sich an das brusthohe Geländer und ließ seinen Blick über das Wasser schweifen. Im trüben Spiegel sah er sein eigenes Gesicht: kantig, von Sorgenfalten durchzogen, die dunklen Augen tiefer, als er es von sich gewohnt war. *Vielleicht bin ich wirklich auf einer Reise, die größer ist, als ich ahne*, dachte er grimmig.

Gerade wollte er sich abwenden, als ihm eine leise Bewegung am Rand seines Blickfelds auffiel. Ein älterer Mann – er schien im gleichen Alter zu sein wie Adolfo – stand unter einem knorrigen Baum und schaute zu ihm herüber. Ihre Blicke trafen sich. Etwas an seinem Auftreten wirkte sonderbar: Er trug einen eleganten Gehstock, das Haar war kurz geschoren, und er hatte eine spitze Nase, die an einen Raubvogel erinnerte. Für einen Moment verharrte Elias, erwiderte den Blick, unsicher, ob er ihn ansprechen sollte. Doch bevor er sich entscheiden konnte, wandte der Mann sich ab und verschwand lautlos hinter einer Hecke.

Elias fröstelte plötzlich. *Überall in dieser Stadt scheinen Leute aufzutauchen und zu verschwinden, als würden sie mich beobachten.* Das Gefühl, in einer Schachpartie zu sein, bei der er die Regeln nicht kannte, beschlich ihn. Seine Schritte wurden rascher, als hätte er Angst, verfolgt zu werden. Nach einigen hundert Metern erreichte er den belebteren Teil der Straße, fühlte sich dort sogleich sicherer – was er selbst fast ein wenig lächerlich fand.

Das Café Marella war an diesem späten Vormittag noch mäßig gefüllt. Madame Yara hatte gerade den Boden geschrubbt und richtete einen Tisch in der Ecke her. Als sie Elias erblickte, machte sie eine ärgerliche Geste. „Na endlich. Ich hoffe, du hast einen guten Grund, erst jetzt aufzutauchen. Die Leute fragen schon nach dir."

Elias zog die Schultern hoch. „Verzeih. Ich hatte etwas Dringendes zu erledigen. Was gibt es zu tun?"

„Was wohl? Alles", stöhnte sie. „Ich brauche dich hier beim Tresen, jemand will Tee, ein anderer ein zweites Frühstück. Und wir erwarten später noch eine kleine Reisegruppe. Also schwing dich ran."

So schnell er konnte, band Elias seine Schürze um und machte sich an die Arbeit. Die nächsten zwei Stunden vergingen wie im Flug: Er nahm Bestellungen entgegen, schenkte Kaffee aus, servierte Teller mit Rührei, räumte Geschirr ab. Die Routine half ihm, sich vorübergehend von seinen Grübeleien zu lösen. Dennoch spielte sein Verstand weiter die Begegnung mit Alenja und den rätselhaften Blick des fremden Mannes unter dem Baum durch.

Kurz nach Mittag ließ der Andrang etwas nach. Elias nutzte die Gelegenheit, um kurz frische Luft zu schnappen. Er trat vor die Tür, atmete den Duft von Zitrusfrüchten und Seeluft ein und bemerkte erst jetzt, dass eine leichte Brise aufgekommen war. In der Ferne zogen sich Wolken zusammen, als würde das Wetter umschlagen.

„Elias!"

Er drehte sich um und sah Leandra, die den Gehstock in der Hand hielt. Sie stand ein wenig unschlüssig am Straßenrand. Sofort eilte er zu ihr. „Hallo", sagte er, bemüht, seine innere Anspannung zu verbergen. „Wie geht es dir?"

Sie neigte den Kopf, ein feines Lächeln umspielte ihre Lippen. „Ich habe dich schon im Café vermutet. Ist viel los?"

„Mäßig. Madame Yara hat mich ordentlich eingespannt." Er musterte ihr Gesicht. Auch wenn sie ihn nicht sehen konnte, spürte er, dass sie etwas bedrückte. „Du klingst… nachdenklich. Ist etwas passiert?"

Leandra seufzte, strich sich eine Strähne aus dem Gesicht. „Ich komme gerade von einer Probe mit Xaver. Es war… anstrengend. Ich weiß nicht, wie lange ich das noch durchhalte."

Elias bemerkte, wie sie sich leicht auf den Gehstock stützte, als fehle ihr die Kraft, die eigene Last allein zu tragen. „Willst du dich ein wenig ins Café setzen? Ich kann dir einen Tee bringen – du mochtest doch den Kräutertee?"

Leandra zögerte. „Gern. Aber nur, wenn es passt. Ich möchte dir nicht die Arbeit erschweren."

Er berührte sacht ihren Ellenbogen. „Alles gut. Ich habe eine kurze Pause. Und selbst wenn nicht – du weißt, ich finde einen Weg."

Sie ließ sich von ihm ins Café führen, suchte vorsichtig mit dem Stock den Boden. Drinnen angekommen, wich das geschäftige Treiben langsam der Mittagsstille. Die meisten Gäste hatten bezahlt und waren gegangen. Elias geleitete Leandra zu einem freien Tisch am Fenster.

Madame Yara warf den beiden nur einen kurzen Blick zu, sagte nichts, doch Elias meinte, in ihren Augen ein leises Einverständnis zu lesen. Schnell bereitete er eine Kanne Tee, nahm zwei Tassen mit und setzte sich zu Leandra.

„Also, erzähl mir", forderte er sie leise auf. „Was ist los zwischen dir und Xaver? Ich habe euch neulich in der Gasse gesehen, ihr habt euch gestritten."

Leandra, die gerade die Hand nach der Tasse ausstreckte, zuckte sichtlich zusammen. Ein schwaches Zittern überlief sie, als sie den Rand des Porzellans berührte. „Es ist schwierig… Xaver und ich haben viel zusammen erlebt. Er war es, der mir nach meinem Unfall einen Weg ins Berufsleben geöffnet hat. Er kannte die richtigen Leute, organisierte Konzerte. Selbst als ich noch unsicher war und kaum vor Publikum spielen konnte, hat er mich unterstützt. Doch jetzt…"

Elias beugte sich vor, achtsam, sie nicht zu drängen. „Jetzt?"

Sie atmete flach, als kämpfte sie um Worte. „Er übt Druck aus. Er will, dass ich mehr Konzerte gebe, obwohl ich mich oft ausgelaugt fühle. Er ist reizbar, aggressiv manchmal, wenn ich nicht sofort funktioniere, wie er es erwartet. Aber ich brauche Raum, Elias. Ich will nicht nur für Geld spielen, sondern für die Musik selbst. Ich spüre, dass er diese Leidenschaft nicht mehr teilt, dass es ihm nur noch um Vorteile, Kontakte und Verträge geht."

Ihre Fingerspitzen trommelten sacht auf dem Tisch, als sie stockte. Elias nahm einen Schluck Tee und suchte nach einer passenden Antwort. Schließlich murmelte er: „Wieso lässt du das zu? Kannst du dich nicht trennen von ihm? Du bist eine großartige Pianistin, du könntest auch alleine auftreten."

Leandra lachte kurz, ohne echte Freude. „So einfach ist das nicht. Er hat Verbindungen, von denen ich abhängig bin, um überhaupt eine Bühne zu bekommen. Und…" Sie verzog das Gesicht, als bereite ihr das Eingeständnis Schmerzen. „Manchmal frage ich mich, ob ich selbst genug Mut hätte, mich von ihm zu lösen. Ich kenne sein Temperament. Er kann sehr… rachsüchtig sein, wenn etwas gegen seinen Willen geschieht."

Elias erinnerte sich an Xavers zornige Worte und den eifersüchtigen Blick, den er ihm zugeworfen hatte. „Ich verstehe. Aber wenn du Hilfe brauchst…"

Leandra legte ihre Hand vorsichtig auf die Seine, erfühlte seine Finger, umfasste sie zart. „Danke, Elias. Es tut gut, das zu wissen. Aber ich muss diesen Schritt selbst tun, wenn es an der Zeit ist."

Er drückte ihre Hand leicht. „Dann lass mich zumindest da sein, falls etwas passiert."

Ein Schatten huschte über ihr Gesicht, und sie zog die Hand wieder zurück. „Ich habe in letzter Zeit das Gefühl, dass seltsame Dinge in Vinedo vor sich gehen. Nicht nur zwischen Xaver und mir… Ich spüre einen Druck, eine Unruhe. Früher war die Stadt lebendig und doch friedlich. Jetzt scheint es so, als würden sich die Leute verstecken, als lauerten überall unausgesprochene Geheimnisse. Ich kann es nicht sehen, aber ich spüre es."

Elias dachte an Alenja, an den Mann unter dem Baum, an die Schatten, die er in den letzten Tagen so oft wahrgenommen hatte. Er hätte ihr gern von diesen Dingen erzählt, doch etwas hielt ihn zurück. Er wollte sie nicht noch mehr belasten.

„Es wird alles einen Grund haben", sagte er stattdessen. „Vielleicht klärt sich bald, was vor sich geht. Vertraue deinem Gefühl. Und… vielleicht auch ein wenig mir."

Leandra nickte leicht, da huschte ein zaghaftes Lächeln über ihre Züge. „Ich vertraue dir schon jetzt mehr, als du denkst."

Nach dem Tee und einigen Minuten beruhigendem Gespräch verließ Leandra das Café, um ihre nächste Probe an einem anderen Ort wahrzunehmen. Elias, der sich innerlich zerrissen fühlte, stürzte sich wieder in die Arbeit, sodass die Stunden bis zum späten Nachmittag vergingen, ohne dass er eine ruhige Minute zum Nachdenken fand.

Erst als Madame Yara am frühen Abend beschloss, den Laden früher zu schließen – ein drohendes Gewitter zogen am Horizont auf – konnte Elias sich auf den Weg zur Buchhandlung machen. Düstere Wolken hatten sich zusammengeballt, der Wind wehte böiger als am Vormittag.

In den Gassen war es unruhig: Manche Händler packten eilig ihre Waren ein, um nicht vom drohenden Regen überrascht zu werden. Andere stellten sich unter Vordächern und klatschten sich laut lachend auf die Schenkel, als wäre das Unwetter ein bekanntes Spektakel, das sie erwarteten. Elias zog sich den Mantel enger um die Schultern und beschleunigte seinen Schritt.

Kurz vor der Buchhandlung hörte er eine aufgeregte Stimme rufen: „Elias! Elias, komm schnell!"

Sander trat aus einer Seitengasse hervor und winkte ihm heftig zu. Der Junge wirkte aufgeregt, die Haare vom Wind zerzaust. Elias eilte zu ihm, das Herz plötzlich schwer. „Was ist los?"

„Großvater! Er war doch bei diesem Händler… und… es gab wohl einen Streit. Sie haben Adolfo plötzlich beschuldigt, irgendein Buch gestohlen zu haben. Jetzt ist er auf dem Weg zur Wache in der Oberstadt, um sich zu erklären."

„Was?" Elias' Augen weiteten sich. „Das kann nicht sein. Adolfo würde nie…"

„Eben! Und doch… irgendetwas scheint schiefgelaufen zu sein. Ich habe die Szene selbst nicht gesehen, aber ein Bekannter hat es mir berichtet. Man hat Adolfo quasi gezwungen, zur Stadtwache mitzukommen. Er soll sich verteidigen, behaupten sie." Sanders Stimme zitterte, halb vor Wut, halb vor Sorge. „Ich hab solche Angst, Elias. Was, wenn sie ihm nicht glauben?"

Elias spürte kalte Wut in sich aufsteigen – eine Wut gegen die Ungerechtigkeit, dass ein Mann wie Adolfo, ehrenwert und freundlich, plötzlich wie ein Dieb behandelt wurde. „Wo ist diese Wache?"

„Oben, nahe der alten Stadtmauer, im Verwaltungsgebäude. Ich wollte schon hin, aber ich komme da vielleicht nicht allein rein. Magst du mitkommen?"

Ohne zu zögern legte Elias dem Jungen eine Hand auf die Schulter. „Natürlich. Lass uns keine Zeit verlieren."

Gemeinsam hasteten sie durch die engen, ansteigenden Gassen in Richtung Oberstadt. Der Himmel verdunkelte sich zusehends, und erste Regentropfen fielen, peitschten gegen die Fensterläden der Häuser. Dazu flackerte ein fernes Donnergrollen. Es fühlte sich an, als stünde Vinedo unter einer drohenden Spannung, die jederzeit in ein Unwetter entladen konnte – nicht nur meteorologisch, sondern auch in den wirren Ereignissen, die sich immer enger um Elias und die Menschen, die ihm lieb geworden waren, zusammenzogen.

An einer Kreuzung mit einem steinernen Obelisken blieb Sander stehen, deutete auf ein Gebäude mit hohen Mauern und einem verschlossenen Tor. Eine kleine Laterne über dem Eingang warf ein zuckendes Licht auf die steingepflasterte Schwelle. „Da drin muss er sein."

Elias klopfte laut gegen das massive Holztor. Eine träge, dunkle Stimme meldete sich von drinnen: „Wer stört?"

„Wir wollen zu Adolfo, dem Buchhändler. Man hat ihn hereingebracht. Bitte lasst uns zu ihm."

Es dauerte eine halbe Ewigkeit, bis das Tor sich knarzend öffnete. Ein groß gewachsener Mann mit rauer Stimme trat ihnen entgegen. „Ihr seid Angehörige?" Er musterte Sander. „Bist du sein Enkel?"

„Ja", platzte Sander heraus. „Ich will zu meinem Großvater."

Der Wächter schnaubte, doch sein Blick wirkte nicht unfreundlich. „Ich weiß nichts Genaues. Man hat ihn hergebracht, weil er angeblich ein wertvolles Buch aus einem Kistenkonvolut entwendet haben soll. Die Offiziellen prüfen das gerade."

„Was für ein Unsinn", zischte Elias. „Adolfo ist ein Mann von Ehre."

Der Mann zuckte die Achseln. „Ich kann nichts machen. Die Entscheidung trifft der Kommandant. Wenn ihr wollt, könnt ihr warten, bis sie ihn wieder freilassen – oder verhören."

Sander öffnete schon den Mund, um etwas Entschiedenes zu sagen, doch Elias legte ihm eine Hand auf den Arm. „Wir warten", verkündete er, bemüht, ruhig zu bleiben.

Der Regen wurde dichter, während man sie ins Vorzimmer eines kargen Amtsraumes führte. Kaum hatten sie Platz genommen, hörten sie hinter verschlossener Tür laute Stimmen. Elias meinte, Adolfo herauszuhören – teils beschwichtigend, teils energisch. Das Herz klopfte ihm bis zum Hals. Er konnte es nicht fassen: Hatte jemand Adolfo eine Falle gestellt? Und falls ja, warum?

Irgendwann, nach einer gefühlten Ewigkeit, ging die Tür auf. Ein kleiner Mann mit einem dünnen Bart trat heraus, das Gesicht verärgert verzogen. Hinter ihm folgte Adolfo, sichtlich mitgenommen, aber aufrecht. Sanders Blick hellte sich auf, er sprang auf und fiel seinem Großvater um den Hals.

„Großvater! Alles in Ordnung?"

Adolfo tätschelte seine Schulter, blickte dann zu Elias. „Zumindest haben sie mir die Fesseln erspart. Aber es war knapp. Dieser Händler hat behauptet, ich hätte ein seltenes Buch vom Stapel weggenommen, bevor wir überhaupt einen Preis festgelegt hatten. Glücklicherweise gab es einen Zeugen, der sagte, ich hätte das Buch gar nicht berührt."

Elias spürte Erleichterung, doch auch Zorn. „Wer hat das behauptet? Und warum?"

Der kleine Mann mit dem dünnen Bart – offenbar einer der Beamten – schnaubte: „Beweise muss man erst einmal haben. Der Händler hatte eine Schätzung, wonach das Buch mehrere Hundert Gulden wert sei. Angeblich wollte er Adolfo dabei ertappen, wie er es wegschafft. Am Ende hat sich herausgestellt, dass das Buch in einer ganz anderen Kiste lag, die erst gar nicht geöffnet wurde."

Adolfo schüttelte den Kopf. „Ich verstehe es nicht. Der Händler bestand bis zum Schluss darauf, ich hätte versucht zu stehlen. Irgendetwas stinkt da gewaltig."

Sander hob den Blick. „Großvater, meinst du, das war Absicht? Wollte man dich bewusst in Schwierigkeiten bringen?"

Adolfo schien antworten zu wollen, doch in diesem Moment blitzte es draußen gleißend hell, gefolgt von lautem Donner. Die Fenster des Vorzimmers klirrten leicht im Vibrieren. Elias spürte, wie eine Gänsehaut seine Arme überzog, als stünde nicht nur die Atmosphäre, sondern die ganze Situation unter einer gespannten Elektrizität.

Nach einem kurzen Wortwechsel mit dem Beamten entließ man Adolfo. Elias, Sander und der alte Buchhändler verließen das Gebäude. Draußen prasselte mittlerweile der Regen in dichten Schnüren herab. Das Donnergrollen folgte in schneller Folge.

„Danke, dass ihr gekommen seid", sagte Adolfo in der Dunkelheit, nur vom flackernden Licht einer Straßenlaterne beleuchtet. „Ich hatte schon Angst, niemand würde an meine Unschuld glauben."

Elias wollte gerade etwas Tröstendes sagen, als er eine Bewegung aus den Augenwinkeln bemerkte. Dort, auf der anderen Seite der Gasse, stand der fremde Mann mit dem Gehstock, den er am Morgen gesehen hatte. Der Regen peitschte herab, doch er trug keinen Mantel und keinen Hut, sein kurz geschorenes Haar hing ihm nass ins Gesicht. Für einen Moment trafen sich ihre

Blicke, und Elias fühlte sich, als zöge ein eisiger Strom durch seine Adern.

Dann, ohne einen Laut, verschwand der Mann hinter einer Häuserkante, so flüchtig wie er aufgetaucht war. Elias fröstelte. Wer war er?

„Alles in Ordnung, Elias?", fragte Sander besorgt.

Elias riss sich zusammen. „Ja, ja, nur… ich hatte das Gefühl, beobachtet zu werden. Vielleicht… bilde ich es mir ein."

Adolfo klopfte ihm auf die Schulter. „Komm, lassen wir uns nicht verrückt machen. Wir sollten schnell zum Buchladen, bevor uns der Wolkenbruch ganz durchnässt."

Sie hetzten durch die regengepeitschten Gassen und erreichten endlich Adolfos Buchladen, nass bis auf die Haut. Drinnen wirkte alles schummrig, die Öllampen warfen zuckende Schatten an die Wände. Adolfo war müde und setze sich erschöpft an den runden Tisch.

„Wer auch immer versucht hat, mich zu diffamieren, der wird so leicht nicht aufgeben", sagte er schließlich. „Ich spüre, dass da jemand einen Keil in mein Geschäft treiben will. Vielleicht steckt mehr dahinter – vielleicht ist es sogar eine Warnung. Weswegen, kann ich nur erahnen."

Elias nickte langsam. Seine Gedanken rasten. Er erinnerte sich an Alenjas Worte über dunkle Geheimnisse in der Stadt, an Leandras Sorgen, an Xavers verbitterte Ausbrüche, an all die flüchtigen Gestalten, die plötzlich in Vinedo auftauchten. Irgendwie schien es mehr als nur ein Zufall zu sein, dass in letzter Zeit so viel Unheil drohte.

„Ruh dich aus, Adolfo", sagte er leise, während er eine Decke von einem Stuhl nahm und sie dem alten Buchhändler um die

Schultern legte. „Wir finden einen Weg, um herauszufinden, wer dahintersteckt."

Adolfo nickte dankbar, schloss kurz die Augen. Sander stand daneben, die Hände zu Fäusten geballt, als brodelte in ihm die Wut über die Ungerechtigkeit.

Elias trat ans Fenster, aus dem er in den Regen hinausblickte. Blitze zuckten am Himmel, tauchten die Dächer Vinedos in ein gespenstisches Licht. *Was auch immer hier im Gange ist*, dachte er, *es beginnt sich zuzuspitzen.* Er dachte an Leandra, an ihr zartes Lächeln, an Xaver und dessen scheinbare Gier. Er dachte an Alenja, die in ihren alten Büchern wühlte, um sein Notizbuch zu entschlüsseln. Und er dachte an sich selbst, an die bohrende Frage, ob diese Stadt nur eine Kulisse für etwas viel Größeres war – etwas, das ihn zwingen sollte, sich endlich seiner wahren Bestimmung zu stellen.

Draußen heulte der Wind, Regen trommelte auf die Fensterbank, und ein weiterer Donner erschütterte die Luft. Elias legte eine Hand auf das Notizbuch in seiner Manteltasche, als sei es ein Talisman, der ihm Mut verlieh. In diesem Augenblick hätte er alles dafür gegeben, seine alten Sicherheiten wiederzuhaben: die Logik seiner Architektenpläne, die verlässlichen Strukturen, die Routine eines kalkulierbaren Alltags. Doch zugleich wusste er tief im Innern, dass er dann nichts von all dem gelernt hätte, was ihn hierhergeführt hatte.

Ein Blitz zuckte, erhellte für einen Herzschlag die gesamte Straße. Elias meinte, im grellen Schein am Ende der Gasse eine Gestalt zu sehen – reglos, regendurchweicht, den Blick auf ihn gerichtet. Doch kaum war der Blitz verloschen, verschluckte die Nacht das Bild.

Er atmete stoßweise aus, versuchte, das klopfende Herz zu beruhigen. Die Schatten wurden länger, die Geheimnisse zahlreicher. Er spürte einen Kloß im Hals, doch zugleich entflammte in ihm etwas wie Trotz. Er würde nicht weichen, nicht ausweichen und auch nicht zurückweichen. *Wenn du bleibst*, sprach eine Stimme in ihm, *dann musst du alle Masken ablegen – auch jene, von denen du noch nicht einmal wusstest, dass du sie trägst.*

Mit dem nächsten Grollen des Donners fühlte er sich der Herausforderung seltsam nah. Mögen die Schatten kommen – er würde ihnen begegnen. Er, der einst glaubte, sein ganzes Leben sei aus Stahl und Glas erbaut, würde nun dem Ungewissen gegenüberstehen. Und in diesem Wissen, dass er seinen Weg weitergehen musste, keimte zum ersten Mal so etwas wie ein entschlossener Mut auf, der die Leere in seiner Brust füllte.

Als er sich umwandte, sah er die besorgten Gesichter von Adolfo und Sander, die ihm stumm zuschauten. Elias trat mit festen Schritten zu ihnen. „Keine Sorge", sagte er, mehr zu sich selbst als zu den beiden. „Wir werden die Wahrheit finden. Und wir geben nicht auf."

Draußen zuckte ein weiterer Blitz über den Himmel, doch Elias blieb ruhig stehen, in seinen Gedanken bereits weiter, als er es je zuvor gewesen war. Das Unwetter würde vergehen, die Schatten würden sich lichten – oder sie würden ihn zwingen, das Licht in sich selbst zu entfachen.

In dieser Nacht war er weit davon entfernt zu ahnen, wie dunkel die Pfade würden, die vor ihm lagen. Doch er wusste, dass er – zum ersten Mal seit langer Zeit – den Willen hatte weiterzumachen. Und vielleicht war das mehr, als er je in seinem alten Leben besessen hatte.

Verborgene Pfade

Der Regen hatte die ganze Nacht über nicht nachgelassen. Ein unablässiges Prasseln brandete gegen die Fenster des Buchladens, und die Gassen Vinedos verwandelten sich in ein Labyrinth aus Pfützen und fließendem Regenwasser, das die Straßen hinabspülte. Eine gespenstische Dämmerung, fast wie am frühen Abend, herrschte bereits am Morgen. Graue Wolkenfetzen zogen hastig über den Himmel, als wollten sie die Sonne vollends verschlucken.

Elias saß auf seinem harten Bett und starrte auf das Notizbuch, das wie immer neben ihm lag. Er hatte kaum geschlafen, zu sehr bohrten ihm die Geschehnisse des vergangenen Tages im Kopf herum. Zuerst die Entdeckung, dass Adolfo zu Unrecht beschuldigt worden war. Dann der unheimliche Beobachter, dessen Erscheinung und Verschwinden keinen Sinn ergaben. Und schließlich die Worte Alenjas, die ihm seit Tagen nicht mehr aus dem Sinn gehen wollten: *„Hüte dich vor den Schatten in deinem Herzen."*

Ein letztes Donnergrollen rollte in der Ferne, während die Regentropfen in gleichmäßigem Takt gegen die Scheiben klopften. Elias fuhr sich mit der Hand übers Gesicht, als könnte er auf diese Weise seine Müdigkeit fortwischen. Dann stand er auf, zog sich an und verließ sein Zimmer.

Unten im Laden fand er Adolfo vor, der in einen alten Folianten vertieft war. Daneben hockte Sander und kritzelte Notizen auf kleine Zettel. Der Junge war ungewöhnlich still; noch am Vorabend hatte ihn der Zorn und die Aufregung beinahe zum Platzen gebracht. Doch jetzt schien er in sich gekehrt, konzentriert.

Adolfo hob kurz den Blick, als Elias eintrat, lächelte müde und deutete auf einen Stuhl. „Wir warten, bis es etwas heller wird, um den Laden zu öffnen", sagte er. „Die Leute werden heute ohnehin nicht in Scharen kommen. Kaum jemand geht freiwillig bei diesem Regen vor die Tür – es sei denn, er muss."

Elias nickte und ließ sich gegenüber niedersinken. „Hast du dich etwas erholt?"

Adolfo zuckte mit den Schultern. „So gut es ging. Ich denke immer wieder darüber nach, warum dieser Händler aus heiterem Himmel so eine Anschuldigung erfinden sollte. Ich habe ihm nichts getan, seine Preise waren fair, und wir hatten schon öfter kleinere Geschäfte. Aber was wir gestern erlebten… das kann kein Irrtum sein."

Sander blickte von seinen Notizen auf. „Großvater meint, jemand könnte ihn gezielt diskreditieren wollen. Vielleicht steckt ein Konkurrent dahinter, oder…" Er brach ab.

„Oder etwas anderes", ergänzte Elias, an Alenjas Andeutungen denkend. „Diese Stadt ist momentan wie aufgewühlt. Als würde jemand hinter den Kulissen Fäden ziehen."

Adolfo sah ihn nachdenklich an. „Ja, ich spüre das auch. Es gab früher schon Gerüchte um dunkle Geschäfte, vor allem im Hafenviertel. Aber bisher hatten wir damit nie etwas zu schaffen. Wir sind nur Buchhändler, die sich um alte Schriften kümmern. Dennoch…"

Er brach ab und richtete seine Aufmerksamkeit auf eine zierliche Glasphiole, die auf dem Tisch stand. „Zweimal in der Nacht glaubte ich, im Hof Schritte zu hören. Zweimal bin ich aufgestanden, um nachzusehen. Niemand war da. Vielleicht höre ich schon Gespenster."

Elias spürte ein Kribbeln in der Magengegend. „Ich habe das Gefühl, dass es nicht nur Gespenster sind. Wir müssen vorsichtig sein."

Eine Weile herrschte Schweigen. Draußen peitschte der Wind, ließ die Fensterläden schlagen. Endlich räusperte sich Adolfo. „Ich werde heute nicht viel öffnen. Nur kurz. Das Wetter und die ganze Lage…" Er seufzte. „Sander, wir sehen später durch, welche Bestellungen wir versenden müssen. Und Elias – wolltest du heute ins Café gehen? Oder hast du andere Pläne?"

Elias dachte an das Café Marella. Er hatte gestern nicht mit Madame Yara gesprochen, seit die Schicht wegen des Unwetters früh endete. Aber seine Gedanken trieben ihn woanders hin. Er wollte unbedingt Alenja aufsuchen, hoffend, sie hätte Neuigkeiten über das Notizbuch. Er hatte in den letzten Nächten vergeblich versucht, einzelne Symbole zu entschlüsseln, war aber auf keinen grünen Zweig gekommen.

„Ich glaube, ich kümmere mich erst um etwas anderes", sagte er. „Ich habe… jemanden, den ich aufsuchen wollte."

Adolfo nickte verständnisvoll. „Ich denke, ich weiß, wen du meinst. Pass auf dich auf. Bei diesem Wetter sind die Wege glatt, und die halbe Stadt ist in Eile."

Elias dankte ihm und band sich den Mantel fester um die Schultern. Dann trat er hinaus in den peitschenden Regen.

Der Weg zu Alenjas Haus, nahe der alten Stadtmauer, entpuppte sich als Hindernisstrecke. Das Wasser stand in manchen Gassen knöcheltief, und Elias' Schuhe durchnässten bereits nach kurzer Zeit. Mehrfach versank er in tiefen Pfützen, seine Mantelärmel klatschnass, das Haar an seiner Stirn klebend. Doch er biss die Zähne zusammen. *Einen Vorteil hat es*, dachte er grimmig, *niemand wird mir in diesem Wetter unauffällig folgen.*

Als er endlich die Anhöhe erreichte, rang er nach Atem. Der Regen prasselte unverdrossen, und der Wind pfiff über die Mauern hinweg. Fast wäre er an Alenjas blauem Tor vorbeigegangen, so sehr verschwand es in der grauen Unwirtlichkeit. Er klopfte laut, musste jedoch ein paar Minuten warten, ehe ein schwerfälliges Schlurfen zu hören war.

Das Tor öffnete sich einen Spalt, und Alenjas wachsame Augen blitzten ihm entgegen. „Bei diesem Wetter hat man selten Besucher, Elias", sagte sie leise. „Komm nur hinein."

Er folgte ihr durch den verwilderten Garten, in dem das Wasser über die verwucherten Steine rauschte. Der Sturm zerrte an den kahlen Ästen. Dabei bemerkte er, wie Alenja sich erstaunlich sicher fortbewegte, obwohl der Untergrund rutschig war – als könne sie jeden Stolperstein spüren.

Im Haus war es dämmrig, aber angenehm warm. Ein Feuer brannte in einem kleinen Ofen an der Seitenwand, und zahllose Kerzen leuchteten auf Tischen und Regalen, deren Inhalt Elias nur erahnen konnte: Schriften, Bücher, Fläschchen mit unbekannten Substanzen, getrocknete Kräuterbündel. Es roch nach Wacholder und altem Holz.

„Setz dich", sagte Alenja, während sie eine Kanne mit heißem Wasser vom Ofen nahm. „Ich habe Tee. Du siehst aus, als könntest du etwas Wärme gebrauchen."

Elias bedankte sich. Er zog den durchnässten Mantel aus und ließ sich auf einen Stuhl fallen, dessen Polster schon bessere Zeiten gesehen hatte. Die alte Frau schenkte ihm Tee in eine irdene Tasse ein, reichte ihm noch ein Tuch, damit er sein Gesicht trocknen konnte.

Er blickte sich um und bemerkte, dass auf dem Tisch in der Mitte mehrere Schriftrollen und ein dickes Buch lagen, das mit einem ledernen Riemen zusammengehalten wurde. Daneben ragte eine Kerze, deren Flamme sanft flackerte und Schatten an die Wände warf.

„Du hast Neuigkeiten?", fragte Elias hoffnungsvoll, während er an dem heißen Tee nippte.

Alenja setzte sich ihm gegenüber. Die klaren blauen Augen musterten ihn unentwegt. „Ich habe in den letzten Tagen sämtliche Aufzeichnungen durchforstet, die mir zugänglich sind. Auch jene, die nicht jedem in die Hände fallen." Sie machte eine bedeutungsschwere Pause. „Manchmal hat es Vorteile, alt zu sein und viel gesehen zu haben."

Elias stellte die Tasse ab. „Und? Hast du etwas über die Zeichen gefunden?"

Sie atmete tief durch. „Nichts, was dich restlos beruhigen wird, fürchte ich. Aber einiges, das dir einen Hinweis geben könnte, in welche Richtung dein Weg führt."

Elias' Herz schlug schneller. Er legte das Notizbuch auf den Tisch, und Alenja schlug es vorsichtig an den Seiten auf, die sie bereits vor ein paar Tagen studiert hatte. Ihre Finger fuhren an den kryptischen Symbolen entlang, als streichelten sie eine lebendige Haut.

„Ein Teil dieser Schrift erinnert an eine alte Runenform, die in einigen abgelegenen Klöstern bewahrt wurde. Die Symbole kombinieren geometrische Figuren – Kreise, Dreiecke, Quadrate – mit Schriftzeichen, die ich nur bruchstückhaft entziffern kann.

Einige der Runen deuten auf Worte wie *Erkenntnis*, *Wahrheit*, *Wendepunkt* hin."

Elias lehnte sich vor, als fürchtete er, er könnte ein entscheidendes Wort verpassen. „Erkenntnis, Wahrheit… Das klingt fast wie eine Botschaft. Was ist mit den Kreisen und Dreiecken?"

Alenja blätterte weiter, zeigte auf eine Seite, auf der ein großes Dreieck in mehrere Segmente aufgeteilt war. „Sie symbolisieren in manchen Schriften das Wechselspiel zwischen Körper, Geist und Seele. Oder – in einer anderen Überlieferung – zwischen dem, was war, was ist und was sein wird. Eine Art spirituelle Architektur."

Elias schluckte. Das Wort „Architektur" rief unwillkürlich Erinnerungen in ihm wach – an seine frühere Arbeit, an das Versprechen des Architekten. „Aber was bedeutet das für mich? Ist es eine Anleitung, ein Wegweiser?"

Alenja lächelte traurig. „Man könnte es so nennen. Vielleicht willst du, ohne es zu wissen, den Plan deines eigenen Lebens entschlüsseln. Du warst Architekt, nicht wahr? Du hast Gebäude konstruiert, auf dem Papier und in der Realität. Doch was, wenn dieses Notizbuch dir sagt, dass du nun in deinem Innern bauen musst?"

Die Worte trafen Elias wie ein plötzlicher Lichtschein in dunkler Nacht. Er spürte, wie sich in seiner Brust ein Knoten enger zog. „Mein inneres Leben bauen… Ich stand damals vor dem Abgrund. Ich hatte alles, dachte ich. Doch es fühlte sich hohl an."

Alenja sah ihn nachdenklich an. „Vielleicht sollst du jetzt erfahren, wie man auf anderen Fundamenten baut. Nicht auf Ruhm und Äußerlichkeiten, sondern auf dem, was du wirklich bist. Dieses Buch… es ist möglicherweise dein Kompass. Jede

Seite ein Abschnitt deines Weges. Aber es wird nicht leicht werden."

Elias verstummte, sein Blick wanderte über die Seite, auf der fremde Zeichen tanzten. Er hätte sich gewünscht, Alenja könnte ihm eine fertige Übersetzung in die Hand drücken, ihn über jeden Schritt aufklären. Doch er spürte, dass das nicht ihre Rolle war. Sie war nur eine Wegweiserin, kein Erlöser.

Sie räusperte sich. „Es gibt eine Stelle hier, die ich zunächst gar nicht verstand, bis ich sie in Verbindung mit einem uralten Text brachte." Sie blätterte weiter, zu einem Abschnitt, in dem drei Symbole wie ein verschlungenes Band angeordnet waren. „Dieser Teil könnte bedeuten, dass du an einen Ort gehen musst, einen Ort, der zwischen Leben und Tod steht. Oder zwischen Vergangenheit und Gegenwart. Das ist nicht wortwörtlich zu nehmen, eher wie ein Rätsel."

„Ein Ort zwischen Leben und Tod?", wiederholte Elias und spürte eine Gänsehaut.

„Ja. In manchen Legenden wird damit ein Ort gemeint, an dem Geschichte und Mythen sich berühren. Ein ehemaliges Schlachtfeld, ein Grabmal, ein altes Kloster – etwas in dieser Art. Oder ein Übergangsort, an dem die Zeit stillsteht. Vinedo hat so einen Ort, wenn man den Geschichten glaubt."

Seine Neugier flammte auf. „Wo?"

Alenja deutete stumm an eines der Regale, in denen etliche Papierrollen steckten. „Der sogenannte *Friedhof der ewigen Ruinen*, nördlich der Stadt. Dort, wo vor langer Zeit ein Kloster stand, das bei einer großen Flut zerstört wurde. Heute liegt alles unter Schutt und wildem Pflanzenwuchs. Nur die Mauern und Grabsteine ragen heraus. Manche behaupten, dort geistere es. Andere sagen, es sei ein Ort der Offenbarung. Wenn du diesen Hinweisen nachgehen willst, könnte das ein Anlaufpunkt sein."

Elias schluckte. Die Vorstellung, inmitten einer Ruinenlandschaft nach einer mystischen Wahrheit zu suchen, jagte ihm Schauder über den Rücken. Doch zugleich spürte er eine merkwürdige Anziehung.

„Danke, Alenja", sagte er schließlich. „Ich weiß nicht, ob das wirklich die Lösung ist. Aber es ist ein Wegweiser."

Sie nickte. „Sprich noch mit den Menschen, denen du vertraust. Vielleicht kannst du nicht allein dorthin. Manchmal braucht es Begleiter, um die eigenen Schatten zu bezwingen."

Er dachte an Leandra – ihre Sanftheit, ihr offenes Herz, ihren Kampf mit Xaver. Und an Adolfo und Sander, die ihr eigenes Drama um die Buchhandlung hatten. Ob sie Zeit und Kraft hätten, ihm zu folgen? Und ob er sie überhaupt gefährden durfte?

Elias hielt sich noch eine Weile bei Alenja auf, um sich zu trocknen und ein paar Notizen über die Runensymbole zu machen. Dann nahm er Abschied von der alten Frau, die ihm mit ihrem hellen Blick nachschaute, als könnte sie schon sehen, wohin sein nächster Schritt ihn führen würde.

Der Regen war etwas schwächer geworden, doch noch immer legte er sich schwer auf die Dächer und Wege. Elias stapfte durch tiefe Pfützen, die Gassen hinab, bis er den Hafen erreichte. Er war nicht sicher, warum ihn seine Beine dorthin trugen, aber irgendetwas zog ihn in die Nähe des Wassers.

Am Kai herrschte trotz des Regens reges Treiben: Männer entluden Kisten, riefen sich Befehle zu, während die Taue der Schiffe klatschend gegen die Masten peitschten. Ein modriger

Geruch aus Salzwasser und Tang mischte sich mit dem Gestank von nassen Fässern und Fischabfällen.

Plötzlich stieß Elias beinahe mit einer Person zusammen, die sich in dieselbe Lücke zwischen zwei Stapeln Holzkisten zwängte. Er hob den Blick – und erkannte Xaver. Der Geiger wirkte mürrisch, noch abgemagert wirkender als sonst, die Haare vom Regen durchnässt, sodass sie ihm strähnig ins Gesicht fielen.

Elias' erster Impuls war, sich schnell davonmachen, ehe es zu einer unliebsamen Konfrontation kam. Doch Xaver hatte ihn bereits bemerkt. Seine grauen Augen funkelten, und er verzog den Mund zu einem spöttischen Lächeln.

„Du schon wieder", zischte er, während er sein Instrument ein wenig anders hielt, fast so, als wolle er es schützen. „Geh mir aus dem Weg."

Elias war versucht, zu gehorchen, doch etwas hielt ihn zurück. „Xaver...", sagte er ruhig. „Wie geht es dir? Du siehst nicht gut aus."

Der Geiger lachte hart auf. „Interessiert dich das wirklich? Du tust doch nur so."

„Nein." Elias schüttelte den Kopf. „Ich will wirklich wissen, was mit dir ist. Und was mit Leandra ist. Sie scheint unter deinem Druck zu leiden."

Xaver stieß ihn an der Schulter beiseite, nicht grob, aber deutlich. „Sie will dich nicht, falls du das hoffst. Sie braucht meine Kontakte. Meine..."

„Deine Macht?", unterbrach Elias unwillkürlich.

Xaver verzog das Gesicht. Ein nervöses Zucken spielte um seine Augen, und Elias bemerkte, wie er den Griff um die Geige fester krampfte. „Nennt es, wie ihr wollt. Ich habe etwas aufgebaut, weißt du? Ich habe Leandra Türen geöffnet, von denen sie nicht mal wusste, dass sie existieren. Sie wäre ohne mich nie so weit gekommen. Und jetzt entgleitet sie mir, spürt ihr das nicht alle? Ihre Gedanken schweifen ab, sie will nicht mehr so viel auftreten… Dabei braucht sie mich."

Elias atmete flach. „Bist du sicher, dass sie dich braucht? Vielleicht ist es eher so, dass du sie brauchst."

In Xavers Miene spiegelte sich für einen Wimpernschlag Erschütterung – als hätte Elias eine Wunde getroffen, die lange im Verborgenen lag. Doch im nächsten Moment fuhr er ihn an: „Halte dich raus! Was wir tun, geht dich nichts an."

Elias ließ ihm den Weg frei, und Xaver stürmte davon. Er beobachtete, wie der Geiger sich an den Kisten vorbeidrängte und rasch in einer Nebengasse verschwand. Zurück blieb nur das Prasseln des Regens, das Plätschern des Hafens – und das Gefühl, Zeuge einer Tragödie zu sein, die noch nicht an ihrem Ende angelangt war.

Es war schon später Nachmittag, als Elias wieder in den Buchladen zurückkehrte. Der Regen ließ allmählich nach, und die Wolken am Horizont lichteten sich. Adolfo saß am Tresen und las in einem alten Schriftband, während Sander Kisten ordnete.

Elias zog seinen Mantel aus, schüttelte die Tropfen ab und ließ sich an einem der kleinen Tische nieder. „Ich war bei Alenja", sagte er, ohne Umschweife.

Adolfo blickte neugierig auf. „Und? Hat sie etwas Entschlüsseln können?"

In knappen Sätzen berichtete Elias von den Hinweisen: den Runen, den Symbolen, dem möglichen Ort zwischen Leben und Tod, den Ruinen nördlich der Stadt. Sander unterbrach seine Arbeit und lauschte gebannt, die Augen weit aufgerissen.

„Ein Ort zwischen Leben und Tod", wiederholte der Junge halblaut. „Meinst du, das ist ernst zu nehmen? Dort oben, in den Ruinen, soll es spuken. Die Leute erzählen sich Schauergeschichten von Geistern und verlorenen Seelen."

Elias zuckte die Achseln. „Ich weiß es nicht. Aber es könnte wichtig sein. Vielleicht liegt dort ein Hinweis verborgen, der mich… oder uns… weiterführt."

Adolfo strich sich über das Kinn. „Ich war als junger Mann manchmal da oben, neugierig, wie wir alle waren. Die Ruinen sind einsturzgefährdet, und in der Nacht pfeift der Wind durch die Mauern wie ein Chor der Geister. Aber ob dort wirklich etwas Besonderes ist?"

Elias lehnte sich vor, das Notizbuch in der Hand. „Was, wenn es nicht nur ein abergläubischer Ort ist, sondern einer, der etwas in uns selbst spiegelt? Alenja meinte, es sei möglich, dort ‚Offenbarungen' zu finden. Und sie sagte, ich solle nicht allein gehen."

Ein kurzes Schweigen. Dann wandte sich Sander an seinen Großvater: „Dürfen wir Elias begleiten?" Er klang aufgeregt und ängstlich zugleich. „Du kennst dich dort bestimmt auch besser aus als er."

Adolfo runzelte die Stirn, blickte von Sander zu Elias. „Ihr wollt wirklich zu diesen Ruinen? In den nächsten Tagen soll das Wetter zwar besser werden, aber… ich bin mir nicht sicher, ob es klug ist, sich in dieser Zeit auf derart unsicheres Terrain zu begeben. Wir haben genug Sorgen."

Elias schüttelte den Kopf. „Genau weil wir so viele Sorgen haben, will ich herausfinden, was hinter all dem steckt. Ich habe das Gefühl, dass es mehr ist als eine persönliche Suche. Da braut sich etwas zusammen in Vinedo, und vielleicht finden wir dort einen Ansatz, die Hintergründe zu begreifen. Ich kann es dir nicht besser erklären – es ist nur ein Instinkt."

Adolfo musterte ihn lange, als wolle er in Elias' Augen lesen, ob er bei klarem Verstand war. Dann erhob er sich langsam, ging zum Fenster und blickte hinaus in den nassen Abend. „Ich habe dich beobachtet, seit du hier angekommen bist. Du hast dich verändert, Elias. In deinen Augen brennt etwas, das anfangs fehlte." Er drehte sich um. „Ich werde dich begleiten. Und Sander bleibt hier, denn mir ist wohler, wenn wir nicht alle in Gefahr geraten."

Enttäuschung huschte über Sanders Gesicht, doch er widersprach nicht. Er kannte die Ernsthaftigkeit der Stimme seines Großvaters, wenn der eine Entscheidung traf.

„Wann brechen wir auf?", fragte Elias.

Adolfo hob die Augenbrauen. „Lass uns das Wetter abwarten. Wenn es morgen deutlich besser ist, gehen wir früh. Es heißt, in den Ruinen sind einige Pfade teils verschüttet. Man sollte im Hellen ankommen."

Elias nickte. Er spürte eine seltsame Erleichterung, dass er diesen Schritt nicht allein tun musste.

Die Abendstunden verbrachten sie damit, Proviant einzupacken und kräftige Stiefel herauszusuchen. Elias hatte keine Ahnung, was ihn in diesen Ruinen erwartete, aber er spürte, dass er auf alles vorbereitet sein sollte. Gleichzeitig brannten ihm Fragen zu Leandra, Xaver und dem unheimlichen Beobachter unter den Nägeln – doch er hatte keine Kraft mehr, noch in derselben Nacht auf eine Suche zu gehen.

Am späten Abend zog sich Elias auf sein Zimmer zurück. Durch das Fenster konnte er den nassen Glanz der Straßenlaternen sehen, wie sie einen schwachen Schein in den Gassen hinterließen. Das Pochen seines Herzens wollte nicht zur Ruhe kommen, so als setze die Aussicht auf diese Expedition eine eigene Energie in ihm frei. Er dachte an Leandra, die sich vielleicht in diesem Moment an ihr Klavier setzte oder in ihrem Bett lag, die Augen weit geöffnet, ohne Licht zu sehen und doch vielleicht mehr wahrnehmend als alle Sehenden in dieser Stadt.

Wäre es richtig, sie mitzunehmen? Er verwarf den Gedanken. Die Ruinen wären gefährlich genug, und Leandra hatte ihr eigenes inneres Ringen. Und doch spürte er, wie sehr er ihre ruhige Stärke in seiner Nähe mochte.

Kurz vor Mitternacht brachte er es fertig, doch noch einzuschlafen. Die Träume, die kamen, waren heftig und zusammenhanglos: Er sah ein zerfallendes Kloster, spürte eisige Kälte, hörte Schreie im Wind. Dann tauchten Runenzeichen auf, die glühten wie Feuer auf den Wänden, und eine Gestalt, ganz in Schwarz, streckte ihm eine Hand entgegen – nur um im nächsten Augenblick zu verschwinden. Er wachte wiederholt auf, schweißgebadet, und lauschte dem tückisch still gewordenen Regen.

Morgendämmerung. Das Unwetter hatte sich verzogen; nur eine feuchte Kühle und dünne Nebelschleier blieben in den Gassen zurück. Elias stand auf, hastig, als hätte er Angst, jemand könnte ihm seine Entschlossenheit nehmen, wenn er zu lange im Bett blieb. Unten wuselten bereits Sander und Adolfo umher, packten Brot und Wasser in einen Lederrucksack.

„Es sieht gut aus. Kein Regen, nur etwas Nebel", sagte Adolfo mit ruhiger Stimme, als Elias eintrat. „Wir brechen in einer halben Stunde auf. Du brauchst noch diese Stiefel – die anderen sind nass."

Elias nickte dankbar, zog das frische Schuhwerk an und steckte sein Notizbuch in eine wasserfeste Hülle, die Adolfo ihm reichte. Sein Herz klopfte laut, während er den Gurt seines Mantels prüfte und sicherstellte, dass alles festsaß.

Sander sah ihn wehmütig an. „Pass auf Großvater auf. Und auf dich."

„Versprochen", antwortete Elias, versuchte dabei, ein Lächeln zu formen.

Wenige Minuten später marschierten Adolfo und er los. Die Straßen der Oberstadt waren noch still, fast menschenleer. Ein paar frühe Händler rollten ihre Karren, doch die meisten Fensterläden waren geschlossen. Der Nebel tauchte die Mauern in ein trübes, verschleiertes Licht, und ihre Schritte hallten auf dem feuchten Pflaster.

Sie schlugen den Weg nach Norden ein, vorbei an einem steinernen Torbogen, der auf eine alte Handelsstraße hinausführte. Hier verließen sie die Stadtgrenzen. Der Pfad führte durch Hügel, die zum Teil mit Olivenbäumen und niedrigen Sträuchern bewachsen waren. Der Morgen war klamm, aber zumindest regnete es nicht mehr.

Es war eine mühselige Wanderung, der Boden aufgeweicht von den letzten Tagen, sodass sie oft ausrutschten. Sie sprachen wenig; jeder hing seinen Gedanken nach. Elias spürte eine innere Anspannung. Würde er dort draußen Antworten finden – oder nur mehr Fragen?

Nach etwa zwei Stunden tauchte vor ihnen eine Anhöhe auf, an deren Ende eine verfallene Mauer emporragte. Nebelverhangen war die Szenerie, und einzelne Baumgerippe reckten kahle Äste wie Mahnfinger in die Luft. Eine beklemmende Stille lag über dem Ort, als sei selbst das Zwitschern der Vögel hier verstummt.

„Dort drüben", sagte Adolfo leise und deutete auf einen halb eingestürzten Torbogen. „Das sind die Überreste des alten Klosters. Und dahinter erstreckt sich der… Friedhof. Früher war das Ganze eine große Anlage, ein Zufluchtsort der Gläubigen. Dann kam eine Flut, und alles wurde zerstört. Manche behaupten, es sei nie wieder sicher gebaut worden. Andere sagen, der Ort sei verflucht."

Elias schluckte. Die Aura dieses Schauplatzes berührte ihn mehr, als er zugeben wollte. Kalte Luft wehte ihm entgegen, als würden Geister hauchen. Der Boden hier war uneben, teils mit Marmorplatten bedeckt, die an uralte Fußböden erinnerten. Regenwasser sammelte sich in Kratern.

Langsam näherten sie sich dem Torbogen, über dem eine verwitterte Inschrift prangte, kaum lesbar. Adolfo mied den Blick, ging vorsichtig weiter. Elias jedoch blieb kurz stehen, versuchte, die Buchstaben zu entziffern. Dann trat er auch hindurch – und fühlte eine kühle Erschütterung, als überschreite er eine unsichtbare Schwelle.

Hinter dem Torbogen öffnete sich ein Hof, in dessen Mitte eine Statue stand, die halb umgestürzt war. Sie zeigte eine Gestalt in Mönchskutte, das Gesicht verwischt vom Zahn der Zeit. Dahinter ragten baufällige Wände auf, wo vielleicht einmal eine Kirche gestanden hatte. Auf der anderen Seite sah Elias Grabsteine, schief in der Erde, und alte Platten mit eingemeißelten Namen.

Ein Schauder durchfuhr ihn. *Ist das also der Ort zwischen Leben und Tod?*

Adolfo schritt neben ihm her, der Atem ging ihm etwas schwerer. Sie erreichten den Rand jenes Kirchenschiffs, dessen Wände nur noch brusthoch bestanden. Feiner Nebel quoll über die Mauerreste hinweg, löste sich in der aufkommenden Vormittagssonne aber allmählich auf.

„Sieh dich um, Elias", sagte Adolfo fast tonlos. „Vielleicht findest du, was du suchst."

Elias nickte, trat über lose Steine und morsche Balken hinweg. Der Boden war feucht, an manchen Stellen ragte Schutt empor. Durch ein Loch im Mauerwerk fiel fahles Licht auf einen Bereich, der wie ein früherer Altar aussah – ein Sockel, darauf ein verwittertes Kreuz. Elias näherte sich, das Herz klopfend. Er hatte keine Ahnung, was genau er suchte, nur dass ihn eine unsichtbare Hand weiterzog.

Erneut spürte er die seltsame Atmosphäre: eine Mischung aus Frieden und Trauer, eine merkwürdig vibrierende Stille, als hauchten die Stimmen der Vergangenheit. Er zog das Notizbuch hervor, schlug eine Seite auf, in der die verschlungenen Symbole abgebildet waren. Ein Kreis im Dreieck, umrahmt von geschwungenen Linien.

Plötzlich überfiel ihn ein Schwindel, und er hielt sich an einem Steinbrocken fest. Ein kalter Schauer rann über seinen Rücken, und für einen Sekundenbruchteil hatte er das Gefühl, als verändere sich seine Umgebung. Er sah einen kurzen Lichtblitz, hörte ferne Glocken… Dann war es wieder still.

„Elias!" Adolfo, der ihn aus den Augen verloren hatte, kam herbeigeeilt, sichtlich besorgt. „Alles in Ordnung?"

Elias wischte sich über die Stirn. „Ich… mir war eben schwindelig. Oder ich… hab etwas gesehen. Ich bin nicht sicher."

Adolfo legte ihm eine Hand auf die Schulter. „Das hier ist ein unheimlicher Ort. Vielleicht sollten wir uns nicht zu sehr trennen."

Kaum hatte er das gesagt, vernahmen sie ein Geräusch hinter einer halb eingestürzten Wand – ein leises Rascheln, als husche etwas Lebendiges hindurch. Elias fuhr herum, sein Puls raste. Hatte da jemand gestanden und sie beobachtet? *Vielleicht nur ein streunender Fuchs*, dachte er, doch die Erinnerung an all die unheimlichen Blicke in Vinedo kehrte zurück.

„Komm", flüsterte Adolfo. „Lass uns vorsichtig nachsehen."

Sie umrundeten das Mauerstück. Dahinter lag ein mit Schutt und Gebüsch überzogener Bereich, der auf einen offenen Friedhofsteil hinausführte. Nebelschwaden zogen träge darüber. Doch von irgendeiner Gestalt fehlte jede Spur.

Dafür erblickten sie, nur wenige Schritte entfernt, ein Grabmal – oder etwas, das einst eines gewesen sein musste. Ein grober, verwitterter Quader, in den auf der Vorderseite ein reliefartiges Symbol gemeißelt war: ein Dreieck, das einen Kreis umschloss. Elias erstarrte. Das war genau das Zeichen aus dem Notizbuch.

Adolfo bemerkte seinen Ausdruck und folgte seinem Blick. „Das ist… unheimlich ähnlich, ja. Hast du es schon in deinem Buch gesehen?"

Elias trat näher, fuhr mit zitternden Fingern über den nassen Stein. Er fühlte die Furchen der Gravur, die Risse des verwitterten Materials. So alt, so fremd – und doch genau das Symbol, das Alenja als Verbindung dreier Elemente bezeichnet hatte.

Urplötzlich packte Elias erneut ein Schwindel. Vor seinem inneren Auge flackerte ein Bild auf: Ein Raum mit hohen Wänden, in dem Mönche in Kutten knieten. Der Raum erzitterte, Wasser lief über die Steinplatten, als ergosse sich eine Flut. Schreie… Dann Schwarz.

Er stöhnte auf und fiel auf ein Knie nieder. Adolfo beugte sich besorgt zu ihm. „Elias! Was hast du?"

Elias atmete stoßweise. „Ich… ich weiß nicht. Bilder in meinem Kopf… wie Erinnerungen, die nicht meine sind. Dieser Ort…"

Adolfo half ihm, wieder aufzustehen. „Das sieht aus, als hättest du eine Vision gehabt. Vielleicht ist an dem Aberglauben doch etwas dran. Bist du sicher, dass du weitermachen willst?"

Elias tastete nach Halt an der kühlen Grabplatte. „Ich muss", flüsterte er. „Ich spüre, dass hier etwas… ruft."

Ein unbehagliches Schweigen folgte. Dann begann Elias, in seinem Notizbuch zu blättern, hielt es neben das eingemeißelte Symbol. Hier war es deutlich zu sehen, wie ein exakter Abdruck, als hätte jemand das Zeichen zuerst in Stein gemeißelt und dann in ein Buch kopiert. Oder umgekehrt.

Sein Blick fiel auf eine Zeile aus kryptischen Runen. Alenja hatte ihm angedeutet, dass sie möglicherweise für „Zeugnis", „Brücke" oder „Wahrheit" stünden, je nach Kontext. Als er sie jetzt ansah, erkannte er – oder glaubte er zumindest zu erkennen – dass sich dazwischen ein Zeichen verbarg, das er bislang übersehen hatte. Eine Art geschwungener Buchstabe.

Sein Herz klopfte. *Vielleicht…*

Noch ehe er den Gedanken zu Ende bringen konnte, erklang wieder dieses Rascheln. Diesmal war es lauter, näher. Elias fuhr herum und sah, wie eine Gestalt hinter einer umgestürzten Steinsäule verschwand. Keine Sekunde zögernd sprang er vor, hechtete durch Matsch und triefende Büsche, um sie zu stellen.

Adolfo rief hinter ihm: „Elias, warte!"

Doch Elias hörte nicht. Er hetzte um die Mauer herum, stieß auf einen verborgenen Pfad, der zum tiefer gelegenen Teil der Ruinen führte. Morsche Holzbalken lagen hier kreuz und quer, Büsche wucherten. Er glaubte, am Ende des Pfades einen Schattenhuschen zu sehen. Wer auch immer es war, er schien zu fliehen.

Elias stapfte weiter, das Herz pochte ihm bis zum Hals. Warum versteckte sich jemand hier? Verfolgte ihn dieser Fremde, oder war er ebenfalls auf der Suche nach Antworten? Das würde er nur erfahren, wenn er ihn zu fassen bekam.

Nach wenigen Schritten jedoch merkte Elias, dass der Boden unter seinen Füßen plötzlich nachgab. Da war ein Riss, verborgen unter nassem Laub und Geröll. Er versuchte verzweifelt, das Gleichgewicht zu halten, doch es gelang ihm nicht. Unter lautem Krachen brach der Boden ein, und Elias stürzte in die Tiefe.

Ein paar endlose Herzschläge war nichts als Dunkelheit, Staub, und das wilde Hämmern seines Pulses. Dann schlug er hart auf, prallte gegen Wurzeln und Gestein, ehe er in einer mulmigen Finsternis liegen blieb. Der Schmerz fuhr ihm in Schulter und Hüfte. Er keuchte, versuchte, irgendwie Luft zu schnappen und seine Gliedmaßen zu ordnen.

„Elias!" Adolfo rief von irgendwoher, die Stimme gedämpft. „Elias, hörst du mich?"

Er hustete. „Ja… hier unten."

Um sich herum spürte er kalte Erde, zersplittertes Gestein. Ein schwacher Lichtschein drang durch das Loch in der Decke, das er gerade durchbrochen hatte. Der Regen tropfte nach, in dünnen Rinnsalen, die Steine feucht glänzend.

Langsam richtete er sich auf, prüfte, ob seine Beine trugen. Die rechte Schulter schmerzte heftig, vermutlich geprellt. Doch alles andere schien heil. *Glück im Unglück*, dachte er benommen.

„Bist du verletzt?", klang Adolfos gedämpfte Stimme erneut von oben.

„Nur angeschlagen!", rief Elias zurück. „Hab wohl ein paar Prellungen. Warte, ich sehe mich um… vielleicht finde ich einen Weg hier raus."

Vorsichtig tastete er sich im Halbdunkel voran. Seine Augen gewöhnten sich allmählich an die Dämmerung. Zu seiner Überraschung entdeckte er, dass er in einem Raum stand, dessen Wände offenbar gemauert waren. Überall hingen Wurzeln durch Risse in den Steinen, und Erdreich tropfte herunter. Vermutlich hatte sich hier einst ein Keller oder eine Krypta befunden, jetzt halb verschüttet und von der Zeit vergessen.

Ein feuchter Modergeruch stieg ihm in die Nase. Als er ein paar Schritte machte, berührte seine Hand einen Vorsprung, der sich wie Metall anfühlte. Neugierig leuchtete er mit einem kleinen Streichholz, das er in seiner Manteltasche fand. Das flackernde Licht zeigte ihm eine klobige Eisenbeschläge – vielleicht eine Truhe oder eine Tür?

Er wischte Dreck beiseite, hustete, weil Staub aufwirbelte. Tatsächlich kam ein großes Eisentor zum Vorschein, das schief in den Angeln hing und von Wurzeln umschlungen war. *Was kann dahinter sein?*

Mit aller Kraft stemmte er sich dagegen, seine Schulter protestierte schmerzhaft. Doch er schaffte es, das Tor um einige Zentimeter zu bewegen, gerade genug, um hindurchzuschlüpfen. Dahinter öffnete sich ein weiterer Raum, niedriger, feuchter. Sein Streichholz brannte rasch herunter, und die Dunkelheit verschlang ihn fast.

Tastend ging er voran, bis seine Fingerspitzen auf etwas Kaltes, Glattes stießen. Ein Steinrelief? Er konnte es nicht erkennen, zog ein neues Streichholz hervor und zündete es an. Jetzt sah er, dass er vor einer Art steinernen Altar stand, in den ein Symbol gemeißelt war – das Symbol, das er kannte: Dreieck, Kreis, eine verschlungene Linie.

Elias' Herz setzte beinahe aus. Das war es! Er war wohl in einem alten, verborgenen Raum des Klosters gelandet, in dem dieses Zeichen überdauert hatte. Er trat näher, das flackernde Licht huschte über das Relief. Darunter erkannte er lateinische Lettern – halb verwischt, doch ein Wort war klar lesbar: *Revelatio.*

Offenbarung, dachte er benommen. Hatte Alenja Recht gehabt? War das der Ort, der die verlorene Wahrheit barg?

Bevor er weiter nachdenken konnte, versiegte das Streichholz, und Dunkelheit umhüllte ihn erneut. Er tastete sich zurück, suchte in seiner Manteltasche nach einer Kerze, fand aber nur noch ein winziges Stück. Er zündete es an, die zitternde Flamme reichte für einen schwachen Schein.

Wieder hörte er Adolfos Rufe von oben, gedämpft: „Elias, kann ich runterkommen? Was ist da unten?"

„Ich… habe etwas gefunden!", rief Elias zurück. „Sei vorsichtig. Der Boden ist brüchig."

Er verharrte in dem dunklen Gewölbe, den Blick auf den steinernen Altar gerichtet. Sein Herz klopfte wild. Er spürte, dass er dem Geheimnis seines Notizbuchs näher war als jemals zuvor. *Vielleicht finde ich hier unten jenen Teil der Wahrheit, die ich so verzweifelt suche.*

Doch gleichzeitig krampfte sich ihm der Magen zusammen. Er erinnerte sich an Alenjas Warnung: *„Hüte dich vor den Schatten in deinem Herzen. Nicht jeder Pfad, der dir offensteht, führt zum Licht."*

Als ein erneuter Schwindel ihn überkam, wurde ihm klar, dass er in diesem unterirdischen Raum nicht nur die äußeren Schatten finden würde. Auch seine inneren Dämonen lauerten hier. Und er würde ihnen ins Auge sehen müssen, ob er wollte oder nicht.

Mit einem fröstelnden Schauder und dem flackernden Licht der kleinen Kerzenflamme trat er erneut an den Altar heran. *Jetzt gibt es kein Zurück mehr*, dachte er. *Ich werde finden, was immer ich hier finden soll – oder an mir selbst scheitern.*

Oben brach ein Lichtstrahl durch das brüchige Deckenloch, als Adolfo vorsichtig nach einem festen Halt suchte. Elias hörte, wie Steine rieselten und Adolfos Stimme ängstlich seinen Namen rief. Doch Elias wusste, dass er diesen nächsten Schritt erst alleine tun musste: *Der Schritt in die Dunkelheit, um das Licht der Wahrheit zu sehen.*

So stand er da, ein Fremder in einer längst vergangenen Welt, ein Architekt ohne Bauplan, ein Suchender am Rande seiner eigenen Grenzen. Und in seinem Innersten ahnte er, dass dies nicht das Ende seiner Reise war, sondern vielleicht erst ihr wahrer Beginn.

Am Rand der Erkenntnis

Nasses Erdreich rieselte Elias über den Mantel, während er in der Dunkelheit verharrte. Sein Schultergelenk klopfte unruhig vor Schmerz, doch er zwang sich, jeden Atemzug bewusst zu nehmen. Über ihm rief Adolfo erneut seinen Namen, besorgt und ungeduldig. Ein Teil von Elias wollte ihm sofort zurufen, ihm die Fundstelle zeigen. Ein anderer Teil jedoch hielt ihn zurück – es war fast, als läge etwas Heiliges oder Verbotenes in dieser unterirdischen Kammer, das nur er allein zunächst begreifen sollte.

Behutsam strich er mit der Hand über das steinerne Relief am Altar. Die Umrisse des Dreiecks mit dem Kreis im Inneren fühlten sich fast warm an, obwohl die Luft hier unten feucht und kühl war. In der verwitterten Gravur sah er dieselben Symbole wie in seinem Notizbuch, dieselben geheimnisvollen Linien. Sein Herz hämmerte in seiner Brust, als er sich an Alenjas Worte erinnerte: *„Vielleicht musst du nach dem Ort zwischen Leben und Tod suchen…"*

Hier, in diesem uralten, verschütteten Raum, hatte er das Gefühl, genau zwischen den Welten zu stehen. Der flackernde Schein seiner kleinen Kerze erhellte nur den unmittelbaren Kreis um ihn, doch am Rand seines Blickfelds lauerten Schatten, die sich zu bewegen schienen. Er spürte eine fast greifbare Präsenz, als würden die Gespenster der Vergangenheit noch immer durch die verfallenen Mauern wandern.

Plötzlich zuckte ein feines Licht am Altar auf – ein Widerschein des Kerzenscheins, oder war es etwas anderes? Elias glaubte, kurz ein Muster auf dem Stein zu erkennen, eine Reihe kleiner Runenzeichen, die zuvor im Dunkel verborgen waren. Er neigte sich vor, doch in diesem Moment hörte er Schritte hinter sich.

„Elias?" Adolfo trat vorsichtig durch das schmale Tor, die Stimme zitterte vor Anspannung. „Gütiger Himmel, was ist das hier für ein Ort?"

Elias richtete sich auf, atmete stoßweise. „Ein alter Teil der Klosteranlage. Sieh dir den Altar an."

Adolfo kam näher. Auch er hatte eine kleine Lampe mitgebracht, deren Licht zitternd über die bröckelnden Wände glitt. Als sein Blick auf das steinerne Symbol fiel, schrak er sichtlich zusammen. „Das ist ja… genau wie…"

„Wie in meinem Notizbuch." Elias drehte sich zu ihm um. „Ich bin mir sicher, dass dies mehr ist als ein Zufall. Dieser Ort muss irgendeine Verbindung zu dem haben, was der Architekt mir hinterlassen hat."

Adolfo trat an den Altar, legte die Hand auf den feuchten Stein. „Mit welcher Intention auch immer dieses Symbol hier verewigt wurde – es ist uralt, und vielleicht gehört es zu einer Tradition, die uns entgangen ist."

Elias nickte. Er wollte noch mehr sagen, doch ein neuer Schwindel erfasste ihn. Seine Augen flackerten, und wie aus einer Tiefe heraus hörte er ein Flüstern – oder war es nur der Luftzug durch die Ritzen in den Wänden? Er blinzelte hastig, um die Benommenheit loszuwerden.

„Wir sollten besser gehen", sagte Adolfo plötzlich. „Der Boden hier ist gefährlich, und du bist verletzt." Sein Blick huschte zu Elias' rechter Schulter, die in einem unnatürlichen Winkel nach unten hing. „Wir können später zurückkommen – mit besseren Werkzeugen und Licht."

Elias wollte widersprechen, denn alles in ihm schrie danach, das Altarrelief weiter zu untersuchen. Doch er konnte nicht leugnen, dass sein Körper schmerzte, dass seine Beine zitterten. Widerstrebend stimmte er zu.

Vorsichtig half Adolfo ihm, die eingefallene Decke und das klaffende Loch zu inspizieren, durch das Elias gestürzt war. Eine provisorische Kletterpartie mit wackligen Steinen und wurzelbesetzten Vorsprüngen brachte sie schließlich zurück nach oben, hinaus in die feuchte, neblige Ruinenlandschaft. Elias spürte, wie ihm bei jeder Bewegung ein stechender Schmerz in die Schulter fuhr. Trotzdem war er erleichtert, als sein Fuß wieder sicheren Boden erreichte.

Draußen hatte der Nebel sich etwas gelichtet, und feines Licht ließ den Hof beinahe friedlich wirken. Doch als Elias den Blick hob, sah er, dass die Sonne schon weit über den Zenit geklettert war. Ein halber Tag war vergangen, ohne dass sie es recht bemerkt hatten.

„Wenn wir noch vor Einbruch der Dunkelheit zurück in die Stadt wollen, sollten wir uns beeilen", meinte Adolfo und wischte sich den Schweiß von der Stirn. „Kannst du laufen?"

Elias nickte, schnaufte: „Ja, irgendwie. Die Schulter tut weh, aber ich komme zurecht." Dann warf er noch einen letzten Blick zu den baufälligen Mauern. *Ich muss zurückkehren*, dachte er. *Hier unten wartet etwas, das ich verstehen muss.*

Der Rückweg nach Vinedo zog sich in die Länge. Elias' Schmerzen wuchsen mit jedem Schritt, und die matschigen Pfade waren beschwerlich. Adolfo schwieg einen Großteil der Strecke, wohl weil auch er die Last des Erlebten spürte. Erst als die Stadtmauern in Sicht kamen, brach er das Schweigen.

„Ich kann dir nicht sagen, was du da unten gesehen hast", begann er bedächtig. „Aber ich habe gespürt, wie etwas in dir… gerufen hat. So als würdest du auf einer Frequenz empfangen, die mir verschlossen bleibt." Er schüttelte den Kopf. „Vielleicht musst du tatsächlich zurück, wenn du wieder bei Kräften bist. Aber das Risiko ist groß. Was, wenn die Decke einbricht, während du dort unten bist?"

Elias schluckte. „Dann wäre das vermutlich mein Ende. Aber ich habe das Gefühl, ich habe keine Wahl. Dieses Notizbuch führt mich genau dorthin, und ich… ich kann nicht davonlaufen."

Adolfo warf ihm einen forschenden Blick zu, doch sagte er nur: „Wir werden sehen, wie du dich in den nächsten Tagen erholst. Vielleicht hat ja auch Alenja eine Idee, wie man diesen Keller sichern könnte."

Als sie durch das Nordtor Vinedos traten, stellte Elias fest, dass ihm sein Hemd mittlerweile am Körper klebte, sowohl vom Schweiß als auch von der feuchten Luft. Aber er war froh, wieder in der relativen Sicherheit der Stadt zu sein. Die Ruinen hatten eine seltsame Schwere in ihm geweckt, die er nur mühsam ab- schütteln konnte.

Im Buchladen empfing Sander sie mit einem aufgeregten Auf- schrei. „Großvater! Elias! Was ist passiert? Du blutest ja!"

Verwundert blickte Elias an sich herab und erkannte, dass ein dunkler Fleck durch sein Hemd sickerte. Die Schulter war an- scheinend stärker verletzt, als er gedacht hatte. Adolfo half ihm, sich auf einen Stuhl zu setzen.

„Hol sauberes Wasser, Sander, und Verbandszeug", ordnete Adolfo an. Dann wandte er sich an Elias: „Ich werde es verbinden, soweit ich kann. Wenn es zu schlimm ist, müssen wir zum Medicus."

Sander eilte davon, und Elias ließ den Kopf sinken. Als er in diesem Moment die Augen schloss, kehrten die Bilder aus dem Kellerraum zu ihm zurück: das verschlungene Symbol, der bröckelnde Altar, das Gefühl, dass in diesen Wänden uralte Geister gefangen waren. Noch immer hallte ein leises Raunen in seinen Gedanken nach.

Wenig später kümmerte sich Adolfo um die Wunde, säuberte sie so gut es ging und band Elias' Schulter fachmännisch ein. Der Schmerz wurde dadurch zwar etwas gelindert, blieb aber hartnäckig.

„Heute hast du genug getan", sagte Adolfo freundlich, als Elias versuchte aufzustehen. „Ruh dich aus. Ich werde schauen, ob wir jemanden finden, der den Weg zu diesen Ruinen mit dir zusammen erkundet, wenn es wieder nötig ist."

Elias wollte widersprechen, doch seine Erschöpfung war stärker. Sein Körper fühlte sich bleischwer an, die Augenlider wogen tonnenschwer. So ließ er es zu, dass Adolfo ihn in sein Zimmer schickte, um sich auszuruhen.

Er war gerade dabei, in einen unruhigen Halbschlaf zu sinken, als es sachte an seiner Tür klopfte. Ein Moment des Zögerns, dann hörte er eine leise, vertraute Stimme: „Elias? Bist du wach?"

Leandra. Sofort spürte er ein leises Kribbeln in sich. „Komm rein", sagte er mit heiserer Stimme.

Sie tastete sich an der Türe entlang, trat vorsichtig ins Halbdunkel seines Zimmers. Ihre langen Haare hingen offen über die Schultern, und ihr Gehstock berührte sacht den Boden, während sie sich orientierte. Als sie neben dem Bett stand, nahm Elias ihre

Hand, um sie zu führen. Dann ließ sie sich auf einem Stuhl nieder, der dort stand.

„Sander hat mir gesagt, du seist verletzt", begann sie leise. Ihre Augen – und doch konnte sie ihn nicht sehen – schienen vor Sorge zu leuchten. „Ich wollte nach dir schauen."

Elias setzte sich auf, stöhnte leise, weil dabei der Schmerz in seiner Schulter aufflackerte. „Ich hatte einen Unfall, bin eingebrochen in einen Kellerraum. Aber es geht schon."

Leandra runzelte die Stirn. „Was in aller Welt hast du in den Ruinen gesucht? Sander meinte, du seist mit Adolfo zu diesen alten Klostermauern aufgebrochen…"

Elias erzählte ihr in groben Zügen, was sie dort oben entdeckt hatten – das Symbol, den mysteriösen Keller. Ihre Miene blieb ruhig, doch er merkte an den feinen Bewegungen ihrer Hände, dass sie angespannt war. „Man sagt, dort geistern die Stimmen der Ertrunkenen", murmelte sie. „Die Ordensbrüder, die damals bei der großen Flut starben. Es gibt viele Geschichten darüber, doch niemand weiß, was wahr ist und was Legende."

„Ich weiß auch nicht, was ich glauben soll. Nur dass dieses Notizbuch mich dorthin geführt hat." Er machte eine kurze Pause, unsicher, ob er ihr von seiner Vision erzählen sollte – von den Bildern im Kopf, als hätte er einen Blick in die Vergangenheit geworfen. Schließlich entschied er sich, es zu verschweigen. Er fühlte, dass es dafür noch zu früh war.

Leandra seufzte. „Du gerätst in immer größere Gefahren, Elias. Ich spüre deine innere Rastlosigkeit, jedes Mal, wenn ich mit dir rede." Sie legte sanft ihre Fingerspitzen auf seine unverletzte Schulter. „Vielleicht ist es an der Zeit, innezuhalten und zu prüfen, was das alles für dich bedeutet. Denn wenn du dich selbst verlierst, kann dich auch kein Weg ans Ziel bringen."

Die Wärme ihrer Berührung war ihm eine größere Stütze, als er es erwartet hätte. Er drehte den Kopf und sah in ihr Gesicht, das in der Dämmerung des Zimmers kaum zu erkennen war. Ihre Augen blickten ins Leere, und doch meinte er, dass sie mehr von ihm sah als alle Sehenden.

„Es bedeutet viel für mich, dass du dich sorgst", sagte er leise. „Und trotzdem… ich habe nicht das Gefühl, dass ich aufhören kann. Da ist etwas, das mich antreibt, das stärker ist als jede Furcht. Vielleicht ist es der Weg, mich endlich selbst zu finden."

Leandra schwieg einen Moment, fuhr dann mit ihren Fingern an seinem Arm entlang, bis sie seine Hand fand. Vorsichtig umschloss sie diese. „Versprich mir nur, dass du vorsichtig bist. Ich habe schon genug Menschen gesehen, die sich in ihre eigenen Dunkelheiten stürzten und nie zurückfanden."

Elias verspürte ein Brennen in den Augen, eine Mischung aus Rührung und Erschöpfung. „Ich verspreche es", flüsterte er. „Und… danke, dass du da bist."

Sie lächelte kaum merklich. „Ich werde immer da sein, wenn du mich brauchst."

Einen Wimpernschlag später löste sie sich, stand auf und suchte mit ihrem Gehstock den Weg zur Tür. Elias hatte das impulsive Verlangen, sie zurückzuhalten – doch er merkte, dass sie ihre eigene Freiheit brauchte, genauso wie er seine Suche. Also schwieg er und lauschte nur den leisen Schritten, bis sie die Treppe hinabgegangen war und die Stille wieder in den Raum sickerte.

In den folgenden Tagen genas Elias' Schulter langsam. Adolfo bestand darauf, ihm ein starkes Kräutersalz zu bereiten, das die Schwellung mindern sollte. Wenn Elias nicht gerade im Buchladen half oder sich um die Bestellungen kümmerte, saß er an seinem Fenster, blickte hinunter auf die Gasse, in der die Menschen wieder ihrem Alltag nachgingen, und grübelte über das Erlebte.

Er wusste, dass er zu den Ruinen zurückkehren musste – doch wollte er nicht unvorbereitet sein. Er brauchte Licht, Werkzeuge, vielleicht jemanden, der ihm bei der Sicherung half. Er dachte an Alenja, die ihm helfen könnte, die Inschriften tiefer zu entschlüsseln. Und er dachte an Leandra, die Worte gefunden hatte, um ihn zu ermahnen, sich nicht zu verlieren.

Während dieser Zeit bekam er eines Abends unverhofft Besuch von Sander im Zimmer. Der Junge wirkte nervös, wirbelte mit den Füßen und zog eine kleine Kapuzenmütze vom Kopf. „Elias", begann er, ohne um den heißen Brei zu reden, „ich habe da etwas herausgefunden. Vielleicht hilft es dir bei deinem Keller."

Elias horchte auf. „Was denn?"

Der Junge zog ein zusammengefaltetes Pergament aus seiner Tasche. „Ich war in der Bibliothek des Rathauses. Dort haben sie alte Grundrisse von Vinedo und Umgebung, auch von dem Kloster. Eigentlich durfte ich die nicht mitnehmen, aber ich habe… naja, ich habe sie mir kurz ausgeliehen."

Er breitete das Pergament vor Elias aus. Darauf waren verwitterte Linien zu erkennen, ein grober Plan der Klosteranlage, ergänzt um Notizen, die vermutlich über die Jahrhunderte hinweg entstanden waren.

„Sieh mal hier", sagte Sander eifrig und zeigte mit dem Finger auf einen eingezeichneten Gang, der unter der ehemaligen Kirche hindurchführte. „Das müsste ungefähr jener Keller sein, in den du gefallen bist – oder zumindest in seiner Nähe. Es sieht aus, als gäbe es einen zweiten Zugang, weiter südlich, der zu einem Kapellenanbau führte. Vielleicht ist der noch intakt."

Elias betrachtete die Skizze gebannt. In der Tat war hier ein Gängenetz eingezeichnet, das offenbar ein weitläufigeres Kellersystem erahnen ließ. Möglicherweise war er durch ein Loch in der Decke nur in einen Teil der Krypta gelangt – der Rest könnte noch tiefer liegen und wäre womöglich zugänglicher, wenn man den richtigen Eingang kannte.

„Sander, das ist großartig", sagte Elias anerkennend. „Mit diesem Plan können wir vielleicht verhindern, dass wir wieder irgendwo durchbrechen."

Der Junge grinste ein wenig stolz, doch dann verzog sich sein Gesicht zu ernsten Zügen. „Großvater sagt, wir sollten die Finger davon lassen. Aber ich sehe, wie es dich nicht loslässt, und ich bin ja auch neugierig…"

Elias legte ihm die Hand auf die Schulter. „Adolfo hat Recht, es ist riskant. Aber ich danke dir von Herzen, dass du das für mich besorgt hast. Ich werde mit Adolfo reden. Vielleicht lassen sich die Ruinen absichern oder wir können eine kleine Gruppe zusammenstellen."

Sander senkte den Blick. „Die anderen im Rathaus sagten, der Zustand sei zu gefährlich. Deshalb sind die Ruinen nie richtig erschlossen worden. Für Touristen unzugänglich, sagen sie. Für Grabräuber zu unergiebig. Da geht kaum jemand hin."

„Wir sind nicht nur auf Schatzsuche, Sander. Da unten ist mehr als vergrabene Reliquien. Da ist ein Stück der Vergangenheit – oder meine Zukunft, ich weiß es nicht." Elias zuckte die Achseln.

Der Junge nickte, schweigend, ehe er wieder nach unten verschwand. Elias rollte das Pergament zusammen und legte es sorgfältig neben sein Notizbuch. Ein neuer Weg hatte sich geöffnet, ein weiterer Mosaikstein in der Karte seines Schicksals.

Noch am selben Abend klopfte es wieder an der Ladentür – und als Adolfo öffnete, stand Alenja im Rahmen, eine Kapuze tief ins Gesicht gezogen, um den Nieselregen abzuwehren. Adolfo ließ sie sogleich herein, und Elias kam hinzu, sobald er ihre Stimme vernahm.

Sie sah noch gebeugter aus als sonst, aber in ihren blauen Augen brannte ein klarer Glanz. „Ich habe mehr über diese Runen herausgefunden", verkündete sie, ehe man sie begrüßen konnte. „Und ich habe gehört, du hast etwas im Keller der Ruinen entdeckt."

Elias und Adolfo führten sie an den Tisch, reichten ihr einen Stuhl und heiße Suppe. Alenja aber schob die Schale energisch beiseite. „Keine Zeit für Umstände. Ich muss dir etwas zeigen."

Behutsam holte sie ein altes Pergament aus ihrem Beutel, ähnlich rissig und vergilbt wie das, was Sander gefunden hatte. Darauf waren mehrere Runenzeichen in Reihe abgebildet. Die Linien wirkten kraftvoll, fast pulsierend.

„Sieh hin", forderte Alenja Elias auf und berührte die Zeichen mit einer fingertippenden Geste. „Das ist eine Variante jenes Alphabets, das wir im Notizbuch vermutet haben. Es stammt angeblich aus einer Zeit, in der das Kloster noch ein Ort des Wissens war. Die Mönche sammelten fremdländische Schriften, forschten nach spirituellen Zusammenhängen. Manche sagen, es seien Irrwege gewesen, Ketzerei."

Elias sah genauer hin. „Und was bedeuten sie? Kannst du etwas entziffern?"

Alenja nickte sachte. „Manche Zeichen deuten auf Begriffe wie *Tor, Übergang, Auge…* Und eines taucht immer wieder auf: *Architectus.* Das lateinische Wort für Architekt."

Adolfo schnappte hörbar nach Luft. „Wie kann das sein? Elias hat uns erzählt, dass jener Mann, der ihn damals fand, sich ‚der Architekt' nannte. Eine seltsame Parallele."

Elias' Gedanken rasten. *Ein Mann, der über Raum und Form bestimmt? Oder jemand, der Pläne entwirft, nicht nur für Gebäude, sondern vielleicht für das Schicksal selbst?* Der Gedanke ließ ihn schaudern.

Alenja fuhr fort: „Was, wenn in diesem Kloster einst eine Gemeinschaft lebte, die glaubte, durch geometrische und spirituelle Praktiken den ‚wahren Bauplan' des Menschen zu entschlüsseln? Vielleicht nannten sie diesen Urheber oder Hüter des Plans ‚Architectus'. Ob es ein reales Amt war oder nur ein Symbol, lässt sich schwer sagen."

Elias' Herz klopfte so laut, dass er glaubte, die anderen müssten es hören. „Wenn wir tiefer in diesen Keller vordringen, könnten wir Aufzeichnungen oder Hinweise finden, die erklären, warum genau diese Runen auch in meinem Notizbuch stehen. Vielleicht sogar, wer der Architekt wirklich ist."

Alenja musterte ihn ernst. „Ja. Oder du findest dort unten etwas, das du nicht begreifst und das dich in noch größeres Chaos stürzt."

Er atmete scharf ein. „Diese Gefahr kenne ich. Aber ich habe das Gefühl, ich kann nicht anders."

Adolfo warf Elias einen sorgenvollen Blick zu. „Wenn ich nicht wüsste, wie wichtig dir das ist, würde ich dir raten, alles sein zu lassen. Doch du bist entschlossen – das sehe ich. Wir sollten es aber nicht überstürzen."

„Wir haben einen Plan, wie wir vorgehen können", erklärte Elias, nun ruhiger. Er zeigte Alenja die Kopie der Grundrisse, die Sander aufgetrieben hatte, und schilderte, wie sie vielleicht über einen anderen Eingang in die Krypta gelangen könnten.

Alenja hörte aufmerksam zu, schwieg nachdenklich. „Ich kann versuchen, euch einen Trank zu brauen, der die Atemwege stärkt und den Geist klärt. Wenn dort unten abgestandene Luft oder Schimmel ist, hilft das vielleicht. Außerdem kann ich euch Weihrauchmischungen geben, um eventuelle giftige Gase zu vertreiben, sollte es einen Hohlraum geben."

Elias war erleichtert über ihr Angebot. Er wusste, dass sie tiefes Wissen in alten Rezepturen hatte und dass jeder Schutz willkommen sein würde.

So begann die Vorbereitung auf eine zweite Expedition in die Ruinen. In den folgenden Tagen hielt Elias sich streng an Adolfos Rat: Er schonte seine Schulter, versuchte, die Wunde heilen zu lassen. Doch in seinem Innern brodelte eine ungeduldige Energie. Je länger er wartete, desto mehr fühlte er sich, als wäre ein unsichtbares Netz um Vinedo geworfen worden – als zöge sich jede Intrige, jedes Rätsel enger zusammen.

Auch von Xaver hörte er nichts Neues. Leandra ließ durchscheinen, dass der Geiger sich zurückgezogen habe und neue Konzerte plante, bei denen er sie unbedingt dabeihaben wollte. Manchmal spürte Elias, wie ihr dünner Faden an Geduld riss; doch sie wirkte entschlossen, einen eigenen Weg zu finden, ohne sich von Xaver beherrschen zu lassen.

In stillen Nächten lag Elias wach und griff nach dem Notizbuch auf seinem Nachttisch. Er tastete über die Zeilen, die Alenja als „Tor", „Übergang" oder „Auge" interpretierte. *Ein Tor zum*

Selbst? Ein Auge, das in mich blickt? Manchmal hatte er das Gefühl, die Zeichen würden in der Dunkelheit leuchten, ihn anstarren wie ein fremdes Wesen. Und doch brannte in ihm die Sehnsucht, sie vollends zu entschlüsseln.

Fünf Tage später, als Elias' Schulter soweit geheilt war, dass er seinen Arm wieder halbwegs bewegen konnte, fand in Adolfos Buchladen eine kleine Versammlung statt. Anwesend waren Adolfo, Elias und Alenja – letztere hatte eine Ledertasche voll mit Kräutern, Phiolen und eingerollten Pergamenten mitgebracht. Sie wollten die letzten Details besprechen, bevor sie sich am folgenden Tag erneut zu den Ruinen aufmachten.

Sander war dabei, den Buchladen für den Nachmittag zu schließen, als plötzlich ein Gast eintrat: Jonas Stein. Elias fiel die Tasse fast aus der Hand, als er den ehemaligen Kollegen erblickte – jenen Mann, der früher Projektleiter in Elias' Architekturbüro gewesen war und ihn im Café einst nicht erkannt hatte.

„Verzeihung, ich wollte nur...", begann Jonas, dann hielt er abrupt inne, als sein Blick auf Elias fiel. Sein Gesicht wirkte verwundert, fast erschrocken. „Oh. Sie sind..."

Elias' Herz schlug schneller. Er war sich noch immer nicht sicher, ob Jonas ihn wiedererkennen würde. Damals, im Café, hatte Jonas ihn nur als fremden Kellner betrachtet. Jetzt stand er hier im Buchladen, in einer ruhigeren Situation.

„Guten Tag", sagte Elias zögernd.

Jonas trat einen Schritt vor. „Verzeihung, ich... äh, ich suche nach einem Fachbuch über Baustrukturen. Man sagte mir, dieser Laden hätte eine umfangreiche Sammlung. Ich arbeite in der Region an einem Bauprojekt und..." Seine Stimme klang unsicher.

Adolfo erhob sich hinter der Theke. „Willkommen. Ich kann Ihnen gern weiterhelfen. Worum genau geht es?"

Jonas räusperte sich. „Hauptsächlich um Fundamentkonstruktionen auf schwierigem Untergrund. Wissen Sie, die Gegend hier ist teils sumpfig, und wir versuchen, ein größeres Lagerhaus an der Küste zu errichten."

Elias betrachtete die Situation mit klopfendem Herzen. Jonas Stein, sein einstiger Kollege, war also tatsächlich in Vinedo, um ein Bauprojekt zu betreuen? Konnte das ein Zufall sein? Oder war es Teil eines größeren Plans, den Elias noch nicht durchschaute?

Während Adolfo Jonas ein paar Bücher heraussuchte, trat Elias näher und räusperte sich. „Wo genau bauen Sie?"

Jonas blickte ihn kurz an, und wieder huschte eine Spur von Wiedererkennen über sein Gesicht, schwand aber gleich darauf. „Am südlichen Ende des Hafens. Ein privater Investor hat dort Land erworben und will ein Lagerhaus hochziehen. Aber das Terrain ist schwierig, feuchter Untergrund, und es gibt Streitigkeiten mit… hm, einigen Einheimischen. Es ist kompliziert."

Elias nickte langsam. Er wusste, dass seine ehemalige Firma solche Projekte oft übernommen hatte, doch Jonas wirkte nicht, als arbeitete er noch immer für das alte Büro – zumindest trug er keine Kleidung, die auf das bekannte Logo hinwies, und sprach nicht von Elias' früheren Kollegen.

Adolfo reichte Jonas ein paar Schriften, die dieser flüchtig durchblätterte. Dann bedankte er sich knapp. „Was schulde ich Ihnen?"

„Nichts. Nehmen Sie sich Zeit, lassen Sie sich von den Büchern inspirieren", erwiderte Adolfo großzügig. „Kommen Sie wieder, wenn Sie gefunden haben, was Sie suchen."

Jonas sah überrascht aus. „Das… ist sehr großzügig. Ich bezahle sie gern."

Adolfo lächelte mild. „Mir liegt mehr daran, dass Wissen verbreitet wird. Wenn Sie die Bücher behalten wollen, können wir später einen Preis aushandeln. Wenn nicht, bringen Sie sie zurück, wenn sie Ihnen geholfen haben."

Jonas war sichtlich angetan. Er nickte, seine Augen huschten nochmals kurz zu Elias, dann verabschiedete er sich. Als die Tür hinter ihm ins Schloss fiel, atmete Elias aus, als hätte er die Luft angehalten.

„Er hat dich nicht erkannt", stellte Alenja leise fest.

Elias zuckte die Schultern, der Schmerz war nur noch ein dumpfes Ziehen. „Offenbar nicht. Vielleicht ist er einfach jemand anderes, ein anderer Jonas Stein, der nur ähnlich aussieht." Doch er wusste, wie unwahrscheinlich das war.

Alenja runzelte die Stirn. „Der Zufall scheint mir zu groß. Pass auf, dass das nicht in irgendein dunkles Spiel mündet. Wir wissen nicht, welche Motive dieser Mann hat und für wen er arbeitet."

Elias schüttelte innerlich den Gedanken ab, sich in Verschwörungstheorien zu verlieren. Dennoch blieb ein mulmiges Gefühl. *Wenn Jonas mich wirklich nicht erkennt, was sagt das über mein altes Leben – und über diese neue Welt, in der ich lebe?*

Den Rest des Abends verbrachten Adolfo, Elias und Alenja mit der konkreten Planung ihrer Expedition in die Ruinen. Sie wollten früh morgens aufbrechen, sobald die Sonne aufging, gut ausgerüstet mit Lampen, Seilen, einem kleinen Brecheisen und den Kräutern, die Alenja bereitstellte.

Elias lag in der Nacht wach und lauschte dem Ticken seiner eigenen Unsicherheit. *Diesmal bin ich vorbereitet. Ich werde nicht unversehens in ein Loch stürzen.* Trotzdem spürte er, dass die wirkliche Gefahr nicht in einstürzenden Wänden lauerte, sondern in dem, was er in der Dunkelheit der Ruinen finden könnte – oder in sich selbst.

Frühe Morgendämmerung: Der Himmel zeigte erste Streifen in zartem Grau, als sie den Buchladen verließen. Adolfo hatte Sander und eine junge Nachbarin gebeten, sich um den Laden zu kümmern. Alenja trug eine kleine Reisetasche um die Schulter. Elias schätzte, dass sie darin neben den Kräutern auch etwas Verbandsmaterial verpackt hatte. Er selbst hatte den Pergamentplan im Rucksack, sein Notizbuch sicher in einer Umhängetasche verstaut, und seine Schulter war fest eingebunden.

Leandra war nicht erschienen, um sich zu verabschieden, doch Elias wusste, dass sie mit den Gedanken bei ihm war. Er hatte ihr abends ein paar Worte des Abschieds gesagt, ohne jedoch zu versprechen, wann er wiederkehren würde.

Die Stadt lag noch still, als sie die Gassen hinaufschritten. Nur ein paar Fischer machten sich am Hafen schon bemerkbar, aber der Markt war noch nicht eröffnet. Bald erreichten sie erneut jenen Torbogen, durch den man die Pfade zu den Hügeln nahm. Kein Nebel verbarg heute die Silhouetten, nur eine klare, frische Morgenluft, die Elias' Wangen prickelnd kühlte.

„Diesmal werden wir an der Südseite der Ruinen nach einem Eingang suchen", erklärte Elias, während sie den Hügelpfad hinaufstiegen. „Der Plan zeigt einen möglichen Zugang zu einer Kapelle, von der aus man vielleicht in die Krypta gelangt."

Alenja atmete schwer, sie war nicht mehr die Jüngste. Doch ihre Augen funkelten. „Ganz schön abenteuerlich", stellte sie mit einem Hauch von Ironie fest. „Wer hätte gedacht, dass ich im Alter noch zum Höhlenforscher werde."

Adolfo grinste kurz. Dann wurde sein Gesicht wieder ernst. „Ihr wisst, wir sollten zusammenbleiben. Eine falsche Bewegung, und wir sitzen in einer Falle. Wir haben Seile und genügend Lampen dabei – wir arbeiten uns Schritt für Schritt vor."

Elias nickte. Ihm war bewusst, dass er diesmal nicht allein in der Dunkelheit tappen würde. Und dafür war er dankbar, trotz der Furcht, die in ihm nagte.

Es dauerte nicht lange, bis sie die Ruinen erreichten. Diesmal sah alles anders aus als beim letzten Mal: Keine bedrohlichen Wolken, kein wabernder Nebel. Die Morgensonne warf ein mattes Licht auf die eingefallenen Mauern, wodurch sie zugleich verlassener und weniger schauerlich wirkten. Elias führte sie entlang einer halb eingestürzten Seitenmauer, an der früher einmal ein Laienbereich des Klosters gewesen sein musste, wenn der Pergamentplan stimmte.

Sie kletterten über Steinhaufen und überwuchertes Gestrüpp, bis sie an eine Stelle gelangten, die hinter dem alten Kirchenschiff lag. Tatsächlich fanden sie dort Reste eines Bogengangs, der nun von Efeu und Dornenranken umschlungen war. Dahinter entdeckten sie einen halb verschütteten Durchgang.

„Das müsste der Kapelleneingang sein", sagte Elias gedeckt. Er strich das Efeu zur Seite und stieß gegen ein Türfragment aus morschem Holz.

Alenja rieb sich die Hände, ehe sie sich vorbeugte, um in die Dunkelheit dahinter zu spähen. „Ich spüre einen Luftzug – da drinnen scheint ein größerer Raum zu sein, oder zumindest ein Gang."

Elias fasste sich ans Herz. *Nur Mut*, sagte er sich. Dann nahm er die Brechstange, die sie mitgebracht hatten, und hebelte die Reste der Tür zur Seite, bis sie in einem dumpfen Knirschen nachgab.

Dahinter tat sich ein niedriger Korridor auf, kaum mehr als ein kriechender Gang. Ihr Lampenlicht enthüllte bröckelige Steinwände, feuchte Flecken und überall Spinnweben.

Elias nickte Adolfo zu. „Wollen wir?"

Adolfo hob die Laterne. „Vorsichtig. Einer nach dem anderen."

So begannen sie, sich in den dunklen, schmalen Gang hineinzuzwängen, weg von der Sicherheit des Tageslichts. Das Licht der Laternen offenbarte ein Gewirr aus zerbrochenen Holzstützen, eingestürzten Steinblöcken und dicken Wurzeln, die sich durch Ritzen zwängten. Ein modriger Geruch drang ihnen entgegen, aber Alenja zündete ein kleines Bündel Kräuter an, das einen leicht bitteren Duft verströmte.

„Damit sollten wir giftige Dämpfe abmildern", erklärte sie knapp.

Schritt für Schritt arbeiteten sie sich vor, bis sie an eine Art Nische stießen, in der sich mehrere Gänge kreuzten. Einer führte steil nach unten, ein anderer endete offenbar in einer Sackgasse. Elias blätterte im Pergamentplan, der ihm trotz der schlechten Beleuchtung ein wenig Orientierung gab.

„Da lang." Er zeigte auf den abfallenden Gang. „Der müsste zur Krypta führen, zumindest laut diesem Plan."

Adolfo begutachtete die Mauern mit kritischem Blick. „Wir müssen aufpassen, dass nicht alles über uns zusammenbricht. Ich sehe hier Risse, die älter sind als die große Flut."

„Dann bleiben wir nahe beieinander", schlug Alenja vor.

So bewegten sie sich tiefer in das Gestein, während ihr flackerndes Licht nur wenige Meter weit reichte. Die Luft roch abgestanden, doch die Kräuter dämpften die schlimmsten Ausdünstungen. Man hörte tropfendes Wasser, ein leises Rieseln von Sand.

Elias' Herz klopfte rasend. Er erinnerte sich an seinen Sturz und an das, was er in jener Kammer gespürt hatte. Würde er denselben Raum wiederfinden? Oder wartete hier ein anderer Raum – einer, in dem noch mehr Hinweise zu jenen Schriften verborgen lagen?

Plötzlich stieß Adolfo einen gedämpften Schrei aus: „Vorsicht!"

Im Halbdunkel erkannte Elias, dass Adolfo beinahe in ein Loch getreten wäre, das sich unvermittelt im Boden auftat. Alenja wirkte ebenfalls erschrocken, klammerte sich an die feuchten Steinwände.

Elias leuchtete mit seiner Laterne hinab in das Loch. Tiefe Dunkelheit gähnte ihnen entgegen. Er fühlte ein Schaudern, doch bemerkte zugleich, dass an den Rändern dieses Lochs Steintrümmer herausragten – es war kein natürlicher Spalt, eher ein kollabierter Schacht.

„Vielleicht einer der Zugänge zur Krypta", sagte er leise und bemühte sich um Ruhe in seiner Stimme. „Oder… könnte es der Raum sein, in den ich damals gestürzt bin?"

Adolfo beugte sich vor, ließ den Lichtschein kreisen. „Es ist schwer zu sagen. Wir müssen einen Weg darum herum finden."

Sie entschieden sich, am Rand entlangzugehen, wo eine schmale Ausbuchtung genügend Platz bot, ihre Körper seitlich vorbeizuschieben. Jeder Schritt war riskant, die Wand bröckelte unter der Last der Jahrhunderte. Alenja atmete stoßweise, und Elias hielt den Atem an, um ja keinen falschen Tritt zu setzen.

Endlich hatten sie die andere Seite erreicht. Vor ihnen öffnete sich ein niedriges Gewölbe, das allmählich breiter zu werden schien. Die Luft fühlte sich ein wenig klarer an, als ob es irgendwo einen natürlichen Luftzug gab. Ihr Lampenlicht fiel auf uralte

Fresken an den Wänden, kaum mehr erkennbar, doch von rätselhafter Schönheit.

„Sieh mal", wisperte Alenja, während sie ihre Laterne hob. In dem matten Schein erkannte Elias verschlungene Ornamente, in denen dieselben geometrischen Figuren auftauchten: Kreise, Dreiecke, spiralförmige Linien. Manche Partien waren verblichen, andere von Schimmel überzogen. Doch er spürte eine ehrfürchtige Faszination.

„Das ist genau jener Stil, der auch in deinem Notizbuch auftaucht", sagte Adolfo. Er sprach leise, als fürchtete er, laute Worte könnten die zerbrechliche Stille zerreißen.

Elias trat näher an die Wand, um die Details zu sehen. Mit vorsichtigen Fingern strich er über die verwitterte Oberfläche. Da, in einer Nische, erkannte er eine eingeritzte Inschrift – Runen, ähnlich denen, die Alenja entschlüsselt hatte. *Architectus*, formte Elias stumm mit den Lippen, weil eines der Zeichen darauf hindeutete.

In diesem Moment hörte er wieder jenes Flüstern in seinem Innersten, das Flüstern, das ihn schon in der Kammer ereilt hatte. Er spannte sich an, drehte sich um – doch außer seinen beiden Begleitern war niemand da.

Doch was war das? Ein leises Scharren, von irgendwo weiter vorn, in den Tiefen des Gewölbes. Er war nicht sicher, ob er sich das nur einbildete. Alenja schien es auch zu bemerken, denn ihr Blick huschte in die Finsternis, und Adolfo versteifte sich.

„Da ist etwas", hauchte Alenja.

Elias nickte. „Ich habe das Geräusch auch gehört."

Mit rasch pochendem Herzen drangen sie weiter in den Raum vor. Die Gewölbedecke blieb niedrig, aber breitete sich nun nach links und rechts aus, als bestünde diese Krypta aus mehreren

Seitenkammern. Morsche Stützpfeiler ragten empor, von Wurzeln umschlungen. Das Wasser tropfte irgendwo in einen kleinen, unsichtbaren Tümpel.

Plötzlich huschte ein Schatten am Rand ihres Lichtscheins vorbei. Elias fuhr herum, sein Herz raste. „Wer ist da?" rief er in die Dunkelheit, doch nur ein leises Echo hallte zurück.

Adolfo zog scharf die Luft ein. „Nicht erschrecken. Es könnte ein Tier sein."

Alenja schwieg, doch ihr Gesicht wirkte angespannt. Sie streckte die Hand aus, als würde sie in der Dunkelheit etwas ertasten wollen.

Schließlich erreichten sie eine Stelle, an der der Boden wieder festen Stein zeigte. Dort stand, beinahe wie ein Sockel, ein geschliffener Quader. Auf ihm prangte – kaum verwittert – das Zeichen, das Elias' Schicksal zu sein schien: das Dreieck um den Kreis. Darum herum eine Reihe eingemeißelter Runen, die sich in einer Art Spiralform darum wanden.

„Das ist...", begann Elias mit klopfendem Herzen, als Alenja schon nach vorn trat.

„Ich kann hier einige Wörter zusammenfügen", sagte sie angestrengt, während sie mit den Fingern über die Zeichen fuhr. Ihr Lampenlicht flackerte, als spürte es die Erregung. „,Der Weg... zum Kern... Architekt... Offenbarung...'" Ihre Stimme klang brüchig. „Mehr kann ich nicht eindeutig übersetzen, aber es klingt wie eine Botschaft: Wer diesen Weg geht, trifft auf den Architekten inmitten seines eigenen Kerns, und dort... offenbart sich etwas."

Elias schloss die Augen und spürte erneut dieses Flüstern, das ihn magisch anzog. In seinem Geist sah er ein Bild aufleuchten: ein Mann, hoch oben auf einem Dach, das er selbst entworfen hatte, bereit zu springen. Dann die Stimme des alten Mannes, des Architekten: *„Noch einen Schritt, und du wirst nie erfahren, warum du wirklich hier bist."*

Dieses Bild verschwand so schnell, wie es gekommen war. Er schlug die Augen wieder auf, sah Adolfo, der ihn besorgt musterte, und Alenja, die über das Rätsel grübelte.

Da – erneut ein Scharren. Deutlicher diesmal, wie Schritte auf Geröll. Elias riss die Lampe hoch, drehte sich in die Richtung des Geräusches. Für den Bruchteil einer Sekunde glaubte er, ein Gesicht in der Dunkelheit zu erblicken – ein schmaler, dunkler Umriss, hochgewachsen, mit kantigen Zügen. Dann war es verschwunden.

„Hallo?" rief er, seine Stimme hallte an den Wänden wider. Nichts.

„Wir sind nicht allein", flüsterte Alenja.

Adolfo packte Elias am Arm. „Komm. Wir haben gefunden, wofür wir gekommen sind. Wenn dort noch jemand umherstreift, ist das nicht unser Problem – solange er uns nicht angreift."

Zögernd nickte Elias. Er wollte sich noch nicht zurückziehen, doch in Anbetracht der instabilen Gewölbe und der ominösen Schatten war es vermutlich klüger, ihre Funde zu sichern und später wiederzukommen.

Alenja stimmte zu: „Wir wissen jetzt mehr. Lass uns die Zeichen kopieren. Danach verschwinden wir erst einmal. Ein Einsturz wäre hier unten unser Tod."

So kopierten sie rasch die Runen, soweit die Zeit es zuließ, während Adolfo ungeduldig die Umgebung im Auge behielt. Der Gedanke, dass irgendwer sich in diesen Ruinen verbarg und sie beobachtete, ließ keine Ruhe.

Nach wenigen Minuten machten sie sich auf den Rückweg. Elias' Schulter protestierte mit jedem Schritt, doch er biss die Zähne zusammen. Das Wissen um jene Botschaft – *‚Der Weg zum Kern, Architekt, Offenbarung…'* – wog schwer in seinem Geist und fachte zugleich sein Verlangen an, alles zu entschlüsseln.

Doch irgendetwas lauerte dort unten in der Krypta, dachte er, während sie sich mühsam wieder in Richtung Tageslicht schoben. **Etwas oder jemand, der vielleicht denselben Pfad ging – oder sie verfolgte.**

Als sie endlich den Ausgang erreichten, blendete sie die helle Sonne, und Elias schnappte nach Luft wie ein Ertrinkender. Ein kurzer Blick zurück zeigte ihm nur dunkle Stille, die in den Tiefen der Ruinen lauerte.

Noch nicht, sprach eine innere Stimme. *Noch hat sich der Vorhang nicht gehoben. Aber du bist ihm näher als je zuvor.*

Sein Herz klopfte schneller, fast schmerzhaft. Zum ersten Mal hatte er das Gefühl, wirklich auf einer Spur zu sein, nicht nur vage zu ahnen, sondern in Reichweite einer Antwort. Doch umso größer wurde die Furcht, was sich zeigen würde, wenn dieser Vorhang endlich beiseite glitt.

Leicht benommen trat er gemeinsam mit Adolfo und Alenja ins Freie, auf das zerfallene Gelände des einstigen Klosters. Der Wind strich über ihr Haar, als wolle er sie daran erinnern, dass es jenseits der Finsternis noch eine lebendige Welt gab.

In diesem Moment, als Elias auf die Ruinen zurückschaute, wusste er: Ein neuer Abschnitt seiner Reise hatte begonnen. Er stand am Rand der Erkenntnis – und die Schatten, die Vinedo umgaben, waren womöglich nur ein schwacher Abglanz dessen, was im Verborgenen lauerte.

Mit zitternden Fingern griff er nach dem Notizbuch in seiner Tasche, fast so, als bräuchte er dessen greifbare Gegenwart, um sich zu vergewissern, dass das alles real war. Dann folgte er den anderen den Hügel hinab, zurück in eine Stadt, deren Rätsel sich nicht weniger anfühlten als zuvor – aber in ihm glomm eine leise, trotzige Hoffnung: *Bald werde ich wissen, warum ich wirklich hier bin.*

Zwischen Liebe und Schatten

Die Sonne stand bereits hoch über Vinedo, als Elias, Adolfo und Alenja den Hügel hinabkehrten und den alten Torbogen durchschritten, der in die Stadt führte. Trotz der Helligkeit zogen graue Wolken am Horizont auf – ein seltsamer Zwiespalt zwischen strahlendem Tag und drohendem Unwetter. Ihre Kleider waren von Staub und Erde überzogen, die Lampen fast erloschen, und der beißende Kräuterduft, den Alenja mit sich trug, lag noch immer in der Luft.

Elias' Gedanken rasten. Er konnte kaum glauben, dass er nur wenige Stunden zuvor noch in diesen finsteren Gewölben der Ruinen gewesen war, an einem Ort, der ihm gleichermaßen Furcht und Erkenntnis versprach. Unwillkürlich tastete er über seine Schulter, die schmerzte, aber aushaltbar war. Der wahre Schmerz jedoch loderte in seinem Innern – ein wildes Gemisch aus Ungeduld, Hoffnung und der leisen Ahnung, dass er etwas Berührendes und Gefährliches zugleich entdeckte.

Der Marktplatz war an diesem Tag belebt, Händler priesen ihre Waren an, Fischer stapelten Körbe voll glänzender Fische, und einige reisende Gaukler hatten bunte Tücher aufgespannt. Dort, zwischen Obst- und Gewürzständen, tauchte plötzlich eine weitere vertraute Gestalt auf: Leandra. An ihrer Seite ging eine junge Frau, vermutlich eine Bekannte, die ihr half, sich in der Menschenmenge zurechtzufinden.

Sobald Leandra Elias' Stimme hörte – er war mit Adolfo und Alenja in ein kurzes Gespräch über die Ruinen vertieft –, wandte sie ihren Kopf ruckartig in seine Richtung. Ihr Gesicht hellte sich auf, auch wenn ihre leuchtend grünen Augen ins Leere blickten.

„Elias!", rief sie und löste sich von ihrer Begleiterin. Behutsam, aber bestimmt, bahnte sie sich mit ihrem Gehstock den Weg zu ihm. „Du bist zurück? Ist alles in Ordnung?"

Elias war überrascht, wie groß sein Bedürfnis war, sie zu umarmen. Doch stattdessen berührte er nur kurz ihre Fingerspitzen, um sie zu führen. „Ja, wir… Wir sind heil wiedergekommen, obwohl der Ausflug nicht ungefährlich war."

„Erzähl mir später alles, bitte", flüsterte sie, während hinter ihr Adolfo einen lauten Schluckauf unterdrückte und Alenja sich den Staub von den Ärmeln klopfte.

„Sobald ich kann", versprach Elias. „Aber jetzt müssen wir erst kurz in den Buchladen, uns umziehen und alles sichern." Er spürte einen harten Kloß im Hals, als er an die Entdeckungen in der Krypta dachte. *Das Symbol, die geheimnisvollen Runen, die sich um „Architectus" rankten, und dieser unheimliche Schatten, der sie womöglich beobachtet hatte…*

Leandra lächelte mild und nickte in seine Richtung. „Mach das. Ich bleibe für eine Probe am Abend in meinem Quartier. Und… bitte, komm danach zu mir."

Elias versprach es. Er wünschte sich, dass es möglich wäre, sofort mit ihr zu sprechen – einfach, um im Klang ihrer Stimme zur Ruhe zu kommen. Aber zwischen seiner Anspannung und der brummenden Betriebsamkeit des Marktes war keine Zeit für ein längeres Gespräch.

Als sie sich von Leandra trennten und durch die Menge schlängelten, zog Alenja an Elias' Ärmel. „Man hat dich sehr gern", sagte sie in ihrer kargen, ruhigen Art. „Achte darauf, dass du das nicht verlierst bei deiner Suche nach dem Rätsel."

Er schwieg. Was hätte er sagen sollen? Dass er bereits spürte, wie ihn die Geheimnisse um das Notizbuch und die Ruinen in einen Strudel zogen, aus dem es vielleicht kein Zurück mehr gab?

Zurück im Buchladen herrschte zunächst emsiges Treiben. Sander, der den Laden beaufsichtigt hatte, nahm Adolfo freude-strahlend in Empfang, doch sein Blick wurde ernst, als er die Gesichter der Ankommenden sah. Elias wusste, wie müde sie alle wirkten: dunkle Augenringe, Schmutzspuren an Stirn und Wangen, eine latente Erschöpfung, die schwer auf ihnen lastete.

„Wie war es?", fragte Sander halblaut, während er Elias half, den Rucksack abzunehmen. „Seid ihr weit gekommen?"

„Weit genug, um sicher zu sein, dass uns ein Rätsel zu lösen bleibt", gab Elias zurück. Er zog das Notizbuch sowie das Pergament mit den Kopien der gefundenen Runen hervor und legte sie auf den Tisch. „Wir haben mehr über diese Runenschrift entdeckt. Sie scheint einen direkten Bezug zum Begriff ‚Architectus' zu haben."

Sander warf einen begeisterten Blick auf die vergilbte Seite. „Das ist verrückt. Wer hätte gedacht, dass es so etwas hier in Vinedo gibt – unter den Ruinen…"

Adolfo schnaufte und goss sich in der Ecke einen Becher Wasser ein. „Wir sollten systematisch vorgehen, Elias. Wunden versorgen, Inventar sichten, Alenja wird ihre Erkenntnisse niederschreiben, und dann überlegen wir, ob wir erneut hinuntergehen. Ich bin kein Freund von halben Sachen, aber… das war gefährlich. Die Gänge sind einsturzgefährdet."

Alenja, die sich auf einen Hocker gesetzt hatte, hob den Kopf. „Bevor wir überhaupt daran denken, wieder hinabzusteigen, sollten wir die Zeichen analysieren. Und ich muss meine Bücher konsultieren. Vielleicht finden wir einen Schlüssel zu einer zusammenhängenden Botschaft."

Elias stimmte innerlich zu, auch wenn ihn die Ungeduld drängte, sofort weiterzuforschen. Doch sein Körper rebellierte: Jeder Muskel schmerzte, sein Atem ging flach, und seine Gedanken waren zerfasert, wie nach einem viel zu langen Marsch.

So zogen sie sich zurück, um sich auszuruhen und einen Plan für die kommenden Tage zu schmieden. Adolfo entschied, den Buchladen an diesem Nachmittag nur verkürzt zu öffnen – zu viel stand in Flammen: Der merkwürdige Zwischenfall bei den Ruinen, das Rätsel des Architekten, die immer spürbarere Unruhe in der Stadt.

In den stillen Stunden am frühen Abend, als die Sonnenstrahlen schräg durch das Fenster fielen, bereitete Elias sich darauf vor, Leandra zu besuchen. Seine Schulter war verbunden, seine Kleider frisch, so frisch es eben ging nach dem gehetzten Tag. Irgendetwas ließ ihn nervös sein – vielleicht die vage Vorahnung, dass heute etwas geschehen würde, das er nicht kontrollieren konnte.

Leandras Zimmer befand sich in einem kleinen Musikschulgebäude nahe dem Marktplatz, wo sie für Proben und Auftritte residierte. Als Elias anklopfte, hörte er gedämpft Klavierklänge: eine zarte, melancholische Melodie, die wie ein verlorener Flüsterton durch den Flur strich.

Er trat ein. Leandra saß an einem auf Hochglanz polierten Klavier, die Hände über den Tasten schwebend. Sie trug ein leichtes Kleid, hellgrau, das ihr feines, kupferfarbenes Haar umso stärker zur Geltung brachte. Auf ihrem Gesicht lag ein Ausdruck tiefer Konzentration.

Elias schloss leise die Tür, um sie nicht zu stören. Doch sie hielt inne, kaum dass sie ihn erahnte, und neigte den Kopf. „Elias?"

„Ja", bestätigte er sanft. „Bitte spiel weiter. Ich will dir zuhören."

Leandra lächelte scheu, dann ließ sie ihre Finger wieder über die Tasten gleiten. Ein leises Stück, eine Abfolge weicher Harmonien. Die Töne erfüllten den Raum wie gläserne Perlen, die erstarrte Luft in Schwingungen versetzten. Elias spürte, wie seine ruhelosen Gedanken sich für einen Moment beruhigten, vom Zauber der Musik umfangen.

Als die letzten Akkorde verklungen waren, setzte sie sich auf dem Klavierhocker gerade hin. „So, jetzt können wir reden." Sie griff nach einem Tuch, das neben ihr lag, und fuhr sich über die leicht schwitzenden Hände.

Elias trat an ihre Seite. „Ich weiß gar nicht, wo ich anfangen soll. Unten in den Ruinen... ich habe Dinge gesehen, die mich nicht loslassen."

„Erzähl es mir so, wie du es empfindest", bat Leandra und zog ihre Knie an.

Elias nahm neben ihr Platz, ließ seinen Blick kurz über die sanft glänzende Klavieroberfläche streifen, ehe er begann. Er berichtete, wie sie den verborgenen Zugang gefunden hatten, von den Gängen, den Relikten, den Zeichen an den Wänden. Besonders erzählte er von jenem Steinquader, auf dem das Dreieck-und-Kreis-Symbol prangte, eingekreist von jenen Runen. Und wie Alenja darin das Wort *Architectus* erkannt hatte.

„Diese Verbindung... es ist, als würde sie mich rufen", sagte er mit belegter Stimme. „Ich weiß, es klingt verrückt, aber ich kann nicht davon ablassen, Leandra. Es fühlt sich an, als wäre dieser ganze Ort und alles, was ich tue, Teil eines größeren Plans. Oder eines Spiels, von dem ich die Regeln nur halb kenne."

Sie lauschte regungslos. Als er fertig war, strich sie sacht mit den Fingern seiner Hand entlang, als wolle sie ihn spüren. „Manchmal", begann sie leise, „verstehen wir die Welt nicht durch unsere Augen, sondern durch unser Herz. Ich sehe nichts, Elias. Aber ich fühle, dass du dich veränderst, seit du hier bist. Du hast eine innere Unruhe, ja – aber auch eine Art von Klarheit, die dir vorher fehlte."

Er schluckte. „Eine Klarheit, die schmerzt, weil ich keine Antworten habe."

„Die Antworten werden kommen, wenn du offen bleibst. Aber…" Sie hielt inne, als koste es sie Kraft, das Folgende auszusprechen. „Versprich mir, dass du dich in diesem Prozess nicht kaputt machst. Ich höre in deiner Stimme etwas, das mich an Xaver erinnert – diese rastlose Getriebenheit. Glaub mir, ich weiß, wie gefährlich das sein kann."

Elias öffnete den Mund, um zu protestieren, doch sie legte ihm sacht einen Finger auf die Lippen. „Lass uns nicht streiten, Elias. Ich will nur, dass du begreifst, dass jeder Weg eine Grenze hat. Wenn du sie überschreitest, könntest du die Menschen, die dich lieben, verlieren – und dich selbst auch."

Eine Weile saß er wortlos da. Dann ergriff er sanft ihre Hand. „Ich weiß nicht, wie ich dir versichern soll, dass ich vorsichtig bin, wenn ich noch nicht mal sicher bin, was ‚vorsichtig sein' hier bedeutet. Aber ich habe dich gehört, Leandra. Und ich werde versuchen, mehr auf mich zu achten. Auf dich, auf Adolfo, Sander, alle, die mir wichtig sind."

Ihr Gesicht entspannte sich ein wenig. „Danke", sagte sie nur.

Sie spielten noch einige Takte zusammen, Elias streichelnd über den Rand der Tasten, als könne er so Anteil an ihrer Welt nehmen. Der Klang eines einzigen Tons hallte in ihm nach wie eine Verheißung. *Vielleicht ist Musik der einzige Ort, an dem wir wirklich wir selbst sind*, dachte er unwillkürlich.

Die folgenden Tage brachten eine trügerische Ruhe über Vinedo. Das Wetter blieb unbeständig: mal brannte die Sonne, mal zuckten Regenschauer durch die Straßen. Elias, Adolfo und Alenja konzentrierten sich auf die Entzifferung der Runen und Symbole, solange, bis ihre Augen flimmerten. Dabei stellten sie fest, dass die Zeichen aus unterschiedlichen Sprachstämmen zu stammen schienen – ein Mischalphabet, teils archaisch-lateinisch, teils runisch, teils unbekannter Herkunft.

Jeden Tag nahm Elias sich vor, mit Alenja noch einmal zu den Ruinen aufzubrechen. Doch irgendetwas hielt sie zurück – Alenja sprach von weiteren Quellen, die sie finden wollte, Adolfo warnte vor einem erneuten Einbruch, und Elias spürte selbst eine innere Blockade. Er war zu nah dran gewesen, beim letzten Mal. Zu nah an einer Wahrheit, die ihn erschreckte.

Währenddessen vernahm er in der Stadt immer wieder Gerüchte von neuen Bauprojekten, Streitigkeiten zwischen Händlern und einer gewissen Unruhe, die sich nicht so recht greifen ließ. Seit der unfreiwilligen „Festnahme" Adolfos war es still um den ominösen Händler geworden, doch Elias traute dem Frieden nicht.

Dann, an einem späten Nachmittag, besuchte ihn Jonas Stein unerwartet im Buchladen. Elias war zunächst irritiert – seit ihrer flüchtigen Begegnung hatte Jonas sich nicht mehr blicken lassen.

Jetzt trat er ein, die Bücher unter dem Arm, die er bei Adolfo ausgeliehen hatte.

„Guten Tag", sagte Jonas kurz angebunden. „Ich wollte mich für die Bücher bedanken. Sie haben mir tatsächlich geholfen, das Fundamentproblem zu durchdenken."

Adolfo war hinten in der Kammer beschäftigt, so war nur Elias da, um Jonas zu empfangen. Ihm fiel auf, dass Jonas ungewohnt bleich war, die Augen leicht gerötet.

„Sie wirken erschöpft", sagte Elias. „Ist das Projekt so fordernd?"

Jonas schnaubte leise. „Die Arbeit ist das geringste Problem. Vielmehr sind es die politischen Verwicklungen und…" Er stockte, als hätte er fast zu viel verraten.

„Und?", hakte Elias nach, dem unwohl bei Jonas' unsicherem Verhalten wurde.

„Nichts. Ich suche nur einen anderen Ort, an dem ich mich aufhalten kann. Haben Sie ein Zimmer zu vermieten oder kennen Sie jemanden? Ich fühle mich in meiner jetzigen Unterkunft nicht mehr sicher."

Elias wollte gerade fragen, was das bedeutete, da hörte er Adolfos vorsichtige Schritte. Jonas senkte die Stimme. „Bitte, sprechen wir in einer ruhigeren Ecke."

Elias nickte, führte Jonas in einen kleinen Seitengang des Ladens, wo sie zwischen hohen Bücherregalen standen. Staub tanzte in den schrägen Sonnenstrahlen, die durch ein kleines Fenster fielen. Elias spürte sein Herz klopfen. Jonas' Unruhe war auffällig.

„Was ist los?", fragte er leise. „Hat es etwas mit… irgendwelchen Leuten in der Stadt zu tun?"

Jonas rieb sich mit nervöser Geste über die Stirn. „Sie scheinen wirklich nichts zu wissen, was? Sie arbeiten in diesem Café, oder? Ein paar Leute haben gesagt, sie hätten Sie dort gesehen."

Ein Stich fuhr Elias durch die Brust. *Erinnerst du dich wirklich nicht an mich?* wollte er Jonas anschreien. Aber stattdessen rang er sich zu einem ruhigen Ton durch. „Ja, dort arbeite ich. Also, was bedrückt Sie?"

Jonas blickte kurz in die Ferne, dann flüsterte er fast verschwörerisch: „Es gibt eine Gruppe hier in Vinedo, sehr diskret, aber einflussreich. Man nennt sie einfach ‚Die Zirkel-Leute'. Ich habe noch keine eindeutigen Beweise, aber sie scheinen größere Projekte zu kontrollieren. Mir wurde zugetragen, dass sie auch Interesse an… Ruinen, alten Schriften und einigem mehr haben. Und wer nicht spurt, den schüchtern sie ein."

Elias begann, kalt zu schwitzen. „Die Zirkel-Leute? Nie gehört. Warum sollten sie es auf Sie abgesehen haben?"

„Weil mein Bauherr nicht in ihr Konzept passt. Sie wollen das südliche Hafengelände selbst nutzen oder verkaufen – ich bin ihnen ein Dorn im Auge." Jonas lachte bitter. „Jemand hat mir klarzumachen versucht, dass mein Projekt scheitern wird, wenn ich nicht kooperiere. Und seitdem bekomme ich Drohbriefe. Ich kann nicht einmal mehr sicher sein, in meiner Pension unbehelligt zu bleiben."

Elias schluckte. *Drohmails? In dieser Stadt? Oder eben Drohbriefe?* „Und was hat das mit alten Ruinen zu tun?"

Jonas hob die Schultern. „Manche sagen, dass diese Zirkel-Leute einen kultischen Hintergrund haben. Sie sollen sich für mystische Schriften und Relikte interessieren. Ich kann das schwer glauben, aber man hört Gerüchte, sie hätten Agenten in der Verwaltung, in der Stadtwache, überall."

In Elias flammte ein leises Alarmsignal auf. *So viele seltsame Ereignisse in letzter Zeit… Könnte es tatsächlich eine Gruppe geben, die gezielt an den Ruinen oder alten Schriften interessiert ist?* Der Gedanke schnürte ihm die Kehle zu, denn wer auch immer es war, mochte sich für genau jene Zeichen und Notizen interessieren, die er und Adolfo fanden.

„Sie brauchen keinen Schlafplatz bei mir, um sich sicher zu fühlen", sagte Elias vorsichtig. „In diesem Haus gibt es keinen Raum, der vor einer einflussreichen Gruppe versteckt wäre. Und wir selbst haben schon…" Er verstummte, überlegte, wie viel er preisgeben sollte.

Jonas senkte den Blick. „Ich verstehe. Dann muss ich wohl weitersehen. Tut mir leid, wenn ich Sie in Verlegenheit gebracht habe. Ich…"

Plötzlich huschte ein Schatten am Fenster vorbei, ein ungeschicktes Scharren ertönte, als wäre jemand gegen einen Stapel Kisten gestoßen. Elias fuhr herum, riss die Augen auf: *Wieder dieses Gefühl, beobachtet zu werden!*

„Wer ist da?", rief er, während Jonas zusammenzuckte.

Ein rasches Hämmern, dann war Stille. Elias stürzte zu der Außentür im Gang und riss sie auf, nur um einen flüchtigen Blick auf eine Person zu erhaschen, die in einer Gasse verschwand. Das Herz klopfte ihm bis zum Hals. Er hatte nur den Eindruck eines schmalen, dunklen Mantels, keinen Eindruck vom Gesicht.

Er schloss die Tür. Jonas war kreidebleich. „Sehen Sie? Ich bin nicht verrückt. Da sind Leute, die genau hinsehen, was wir treiben."

„Ruhen Sie sich kurz aus, sammeln Sie sich", sagte Elias tonlos. „Adolfo hat immer eine Kanne Tee da."

Jonas lehnte ab. „Nein, ich muss gehen. Vielleicht finde ich in der Oberstadt ein Zimmer." Er wirkte fahrig, beinahe panisch. „Danke für alles. Und… passen Sie auf sich auf."

Er stolperte aus dem Seitengang in Richtung Ladentür. Adolfo blickte von der Theke aus irritiert hinterher, sagte aber nichts, als Jonas den Buchladen verließ.

Elias stand da, die Hände verkrampft zu Fäusten geballt, während Adolfo zu ihm herüberkam. „Was war das denn?"

Elias schüttelte langsam den Kopf. „Jonas Stein. Er spricht von einer Gruppe, die Druck auf ihn ausübt, weil er ein Bauprojekt im Süden betreut. Irgendwelche mystischen Zirkel, die etwas gegen sein Vorhaben haben…"

Adolfo strich sich über den Bart, die Stirn in Falten. „Ich kenne Gerüchte, aber dachte immer, das seien Schauergeschichten. Doch in letzter Zeit geschehen Dinge, die mich vieles infrage stellen lassen. Die falsche Anschuldigung gegen mich, der Einbruch in den Ruinen, das Gefühl, verfolgt zu werden… Wer weiß, ob das alles zusammenhängt."

Elias spürte eine Gänsehaut, als er an die Krypta dachte. *Vielleicht doch kein Zufall, dass dort jemand herumgeschlichen ist.* Eine mächtige Hand im Hintergrund? Ein Kreis, der altes Wissen sucht? Die Frage ließ ihm keine Ruhe.

Am Abend trat Elias in die Gasse, um frische Luft zu schnappen. Der Himmel war klar, voll funkelnder Sterne, und ein laues Lüftchen spielte in den Laternenlichtern. Von fern hörte er das schwache Tosen der Brandung, wenn Wellen an die Hafenmauer schlugen.

In Gedanken war er bei Jonas, der nun irgendwo in der Oberstadt ein Zimmer suchte – gehetzt von Schatten, die man kaum zu fassen bekam. Bei Leandra, die vielleicht noch Klavier spielte oder sich fragte, ob Elias sie besuchte. Bei Alenja, die sich über Runentabellen beugte, um neue Buchstaben zu entziffern. Und im Kopf hatten sich die Bilder der Ruinen tief eingegraben, von jenen kalten Steinen, in denen das Wort *Architectus* eingraviert war.

Er merkte, wie groß die Spannung in ihm war. Ein Teil in ihm wollte davonlaufen, all dem entfliehen. Doch etwas Größeres hielt ihn in Vinedo, als wäre sein Schicksal untrennbar mit dem Rätsel dieser Stadt verbunden.

Gerade als er sich umdrehen wollte, vernahm er eine leise Melodie – eine Geige, die irgendwo in der Dunkelheit spielte. Klar und melancholisch flutete sie durch die Gasse, getragen vom Nachthauch. Elias' Herz machte einen Sprung, denn er erkannte den Klang: Xaver.

Fast automatisch folgte er den Tönen. Ein paar Gassen weiter, in einem schmalen Innenhof, stand Xaver, die Geige unterm Kinn, die Augen geschlossen. Die Bogenstriche hatten eine zitternde Eindringlichkeit, als würde er all seine Wut und Verzweiflung in Musik verwandeln.

Elias blieb in respektvollem Abstand stehen. Er wusste, dass Xaver nicht begeistert sein würde, ihn zu sehen. Doch diese Musik schien ein Klagelied zu sein, das den zwiespältigen Charakter des Mannes entlarvte: Hier erkannte Elias eine Seele voller Sturm, auch voller Sehnsucht.

Als die letzten Töne verklangen, schaute Xaver auf. Sein Blick streifte Elias, und eine sekundenlange Spannung lag in der Luft. Dann senkte er die Geige. „Schon wieder du", murmelte er.

Elias hob die Hände in einer friedlichen Geste. „Ich wollte dich nicht stören. Ich habe nur deine Musik gehört. Sie ist… wunderschön und schmerzlich zugleich."

Xaver zog eine Grimasse. „Red nicht so pathetisch. Ich spiele hier für mich selbst."

Elias trat etwas näher, bis ins flackernde Licht einer kaputten Laterne. „Hör zu… Ich weiß, wir verstehen uns nicht. Aber ich sorge mich um Leandra. Sie meinte, du wollest sie zu weiteren Konzerten drängen. Ihr geht es nicht gut damit."

Xaver verzog das Gesicht, sein Ausdruck schwankte zwischen Zorn und einer seltsamen Müdigkeit. „Leandra hat keine Ahnung, was gut für sie ist. Sie nimmt das alles zu leicht. Wenn sie nicht aufpasst, verliert sie ihre Engagements. Glaubst du, sie wird von Luft und Liebe leben? Nein, sie braucht Leute wie mich, die sie in der Branche halten."

Die Härte in seiner Stimme ließ Elias aufhorchen. *Vielleicht braucht sie dich weniger, als du glaubst*, dachte er, sprach es jedoch nicht aus. Stattdessen sagte er ruhig: „Und du? Was brauchst du, Xaver?"

Der Geiger zuckte zusammen, als hätte Elias ihn geschlagen. Einen Moment flackerte sein Blick, dann verlagerte er das Gewicht auf sein anderes Bein. „Was soll die Frage? Ich brauche Erfolg, Geld, Ansehen. Sonst bin ich bald weg vom Fenster. Ich bin kein Träumer wie du."

Elias empfand Mitleid. Vieles, was Xaver sagte, erinnerte ihn an sein eigenes altes Leben: der ewig ungestillte Hunger nach Anerkennung, das Getriebensein in einer endlosen Spirale. Bevor er jedoch eine Antwort geben konnte, drehte sich Xaver abrupt um und ging mit schnellen Schritten davon.

Nur das Echo der Geige blieb zurück, wie ein verlorenes Fragment einer Sehnsucht, die Xaver selbst nicht verstand. Elias fröstelte im Nachtwind. Er ahnte, dass dieser Mann tiefer in den Konflikt mit Leandra verstrickt war, als es nach außen schien.

* * *

In der Dunkelheit kehrte Elias in den Buchladen zurück und schloss hinter sich ab. Er fand Adolfo noch am Tisch sitzend, in einen Band alter Briefe vertieft. Als Elias sich setzte, legte der Buchhändler das Pergament beiseite und rieb sich die Augen.

„Ich habe ein weiteres Fragment übersetzt, soweit es ging", begann er leise. „Ein Abschnitt spricht von einem ‚Weg ins Herz der Stadt' und einer ‚Prüfung jenseits des Scheins'. Alenja meinte, es könne bedeuten, dass es einen Ort in Vinedo selbst gibt, der zum Schlüssel wird – nicht nur die Ruinen. Vielleicht eine Untergrundpassage? Oder ein verborgenes Heiligtum? Wir wissen es nicht."

Elias ließ diese Worte sacken. *Noch mehr Geheimnisse.* Dann erzählte er, was Jonas Stein ihm berichtet hatte, von der ominösen Gruppe, dem Zirkel, der Drohungen verschickte. Adolfo rieb sich nachdenklich das Kinn.

„Es passt ins Bild", murmelte er. „Wer immer Zugang zu diesen uralten Schriften haben will, könnte versuchen, sich jeden unliebsamen Faktor vom Hals zu schaffen. Ob Jonas einfach zwischen die Fronten geraten ist?"

Elias nickte erschöpft. „Vermutlich. Ich kann nur hoffen, er findet ein sicheres Versteck."

Beide schwiegen. Dann erhob Elias sich langsam. „Ich will noch kurz frische Luft schnappen, dann geh ich schlafen. Meine Gedanken sind zu laut."

Adolfo erhob sich ebenfalls, legte ihm die Hand auf die Schulter. „Elias… Wir werden einen Weg finden. Manchmal glaube ich, das Schicksal hat dich hierhergeführt, um eine uralte Rechnung zu begleichen. Oder um ein verschollenes Puzzleteil zu ergänzen. Was auch immer es ist – du bist nicht allein."

Ein warmer Stich durchfuhr Elias. Er umfasste Adolfos Hand. „Danke. Das bedeutet mir viel."

Als Elias wenig später in sein Zimmer stieg, war sein Kopf so voller Eindrücke, dass er kaum wusste, wovon er träumen würde. Er dachte an die Krypta, an Jonas, an Xaver, an Leandra. Er dachte an das Wort *Architectus*, an die Schriften, an jenes unbestimmte Gefühl, dass ihm etwas über den großen Sinn seines Daseins offenbart werden sollte – etwas, das er früher, in seinem alten Leben, nie gefunden hatte.

Sein Blick fiel auf das Notizbuch, das neben dem Bett lag, im matten Schein einer Kerze. *Bist du mein Schlüssel*, fragte er es stumm, *oder eine Falle, die mich immer tiefer in ein Labyrinth führt?*

Doch das Buch schwieg. Und so löschte Elias die Kerze, schloss die Augen und ließ sich in einen Schlummer fallen, der voller flüchtiger Bilder war: Wabernde Schatten in den Ruinen, Leandras sanftes Lächeln, ein dunkler Mantel in einer Gasse, und das Symbol aus Dreieck und Kreis, das hinter seinen Lidern wirbelte, bis er endlich in eine unruhige Nacht versank – zwischen Licht und Schatten.

Unter dem flüsternden Stein

Elias spürte die Morgensonne wie eine sanfte Hand auf seinem Gesicht, als er an diesem Tag die Augen öffnete. Sein Atem ging noch schwer, und die Wirrnis seiner Träume haftete an ihm wie Nebel. Er war froh, dass sich sein Geist nur langsam klärte. Die letzten Tage hatten seine Gedanken rastlos kreisen lassen: Runen, die nach einem *Architectus*riefen, ein drohender Zirkel, Jonas Steins Furcht, Leandras Sehnsucht, Xavers Sturm. Und mitten darin er selbst, ein Mann ohne alten Namen, getrieben von einem Versprechen, dessen wahrer Gehalt sich ihm nach wie vor entzog.

Er erhob sich und zog die einfachen Kleider an, die mittlerweile seine bescheidene Garderobe ausmachten. Einmal mehr fiel ihm auf, wie sehr er sich von dem Elias Winter unterschied, der in Designeranzügen über Wolkenkratzerpläne gebeugt gewesen war. Hier trug er grobes Leinen, arbeitete in einem Café und schlief über einem Buchladen. Und doch, so ahnte er, war er dem wahren Kern seines Selbst näher als jemals zuvor.

Unten im Laden fand er Adolfo, der bei einer Schale dampfenden Tees saß, den Blick in ein vergilbtes Dokument geheftet. Die alten Bücher, die Alenja in den letzten Tagen gebracht hatte, türmten sich in einem wackligen Stapel auf dem Tisch. Sander stand neben ihm und las leise mit, während er einen Bleistift in der Hand hielt, als wäre er jederzeit bereit, Notizen zu machen.

Adolfo schaute auf, als Elias die Treppe betrat. „Morgen, mein Junge. Hast du gut geschlafen?"

Elias zuckte die Schultern. „So gut es ging. Gibt es Neuigkeiten?"

Sander hob den Kopf. „Ja, Großvater hat einen Hinweis gefunden. Eine Passage in diesem uralten Folianten – es ist eine Art Chronik des Klosters, auf die wir immer wieder stoßen. Darin wird von einem ‚Tor in den Tiefen unter dem Glockenturm‘ gesprochen. Vielleicht bezieht es sich auf dasselbe Kellergewölbe, das du und Adolfo erkundet habt. Doch es gibt mehr: eine Warnung."

Adolfo nickte. „Die Chronik erwähnt, dass nur der Eingeweihte das Tor sicher durchschreiten kann. Alle anderen würden dem Wahnsinn oder dem Tode anheimfallen. Natürlich könnte das alles nur Legende sein, eine mittelalterliche Abschreckung. Aber in Verbindung mit den Runen…" Er stockte. „Ich weiß nicht. Ein Teil von mir sagt, wir sollten sehr vorsichtig sein. Ein anderer Teil weiß, dass wir dir nicht verbieten können, weiterzusuchen."

Elias setzte sich zu ihnen und nahm einen Schluck Tee. „Ich habe nicht vor, leichtfertig in den Tod zu rennen. Aber diese… Berufung lässt mich nicht los. Ob es ein Tor im übertragenen Sinne ist oder ein realer Durchgang, den wir noch nicht entdeckt haben – wir müssen es herausfinden, wenn wir den Sinn dieser Schriften begreifen wollen."

Sander schaute abwechselnd zwischen ihnen hin und her. „Darf ich mitkommen? Das ist so spannend, und ich—"

Adolfo schüttelte entschieden den Kopf. „Nein, mein Junge. Ich weiß, du willst helfen, aber die Krypta ist kein Ort für ein Kind. Ich habe es Elias schon einmal gesagt: Es ist gefährlich genug für uns Erwachsene. Du bleibst hier, kümmerst dich um den Laden und bist auf Abruf, falls wir schnell Hilfe brauchen. Das ist wichtiger, als du denkst."

Widerwillig verzog Sander das Gesicht, doch widersprach er nicht. Elias wusste, dass ein Teil in ihm erleichtert war. Je tiefer sie in dieses Mysterium vordrangen, desto mehr fürchtete er, dass es nicht nur räumlich, sondern seelisch finster wurde.

„Wo ist Alenja?"<, fragte er schließlich. >„Sie wollte doch heute Morgen auch kommen."<

Adolfo fuhr mit dem Finger über einen Teil der Chronik, als könne er eine verborgene Zeile freilegen. „Sie wollte noch etwas in ihrer Sammlung nachsehen. Irgendein Symbol, das mit dem Zirkel zu tun haben könnte. Sie meinte, wir sollten sie heute Abend in ihrem Haus treffen. Dann besprechen wir, ob und wann wir wieder in die Ruinen gehen."

Elias nickte. „Gut. Dann werde ich bis dahin noch im Café aushelfen – ich kann nicht ewig fehlen, sonst stellt Madame Yara neue Leute ein. Und ich schulde ihr einen normalen Arbeitstag." Trotz der ungeheuren Dringlichkeit seiner Nachforschungen empfand er fast eine Sehnsucht nach dem vertrauten Handgriff der Kaffeekanne, dem freundlichen Nicken der Gäste. Vielleicht war diese einfache Arbeit der einzige Halt in einer Welt, die für ihn immer unbegreiflicher wurde.

Das Café Marella lag an diesem Tag in einem leichten Trubel. Ein Handelsschiff war im Hafen eingelaufen, dessen Mannschaft sich nun durch die Gassen verteilte und auch hierher strömte, um ein stärkendes Frühstück einzunehmen. Elias huschte zwischen Tresen und Tischen umher, während Madame Yara strenge, aber wohlwollende Blicke warf und ihn mit kurzen Handbewegungen dirigierte.

„Na, heute bist du pünktlich." Sie stemmte die Hände in die Hüften, während Elias gerade zwei dampfende Kaffeekannen abstellte. „Vielleicht lässt sich doch noch ein ordentlicher Kellner aus dir machen." Ihr spitzbübisches Schmunzeln verriet, dass sie ihm längst verziehen hatte, wie oft er in letzter Zeit kurz verschwunden war.

Elias zwang ein Lächeln. „Ich gebe mir Mühe. Wie sieht's aus, irgendwas Neues passiert in Vinedo?"

Madame Yara zuckte die Schultern. „Die Leute reden viel. Irgendwas von Bauprojekten, die stocken, Streit bei der Stadtwache. Aber das hat uns doch noch nie wirklich interessiert, oder? Wir machen einfach unsere Arbeit." Sie wischte sich die Hände an der Schürze ab. „Außerdem bin ich dem Tratsch müde. Man hört nur Ärger, und ich hab genug eigene Sorgen." Ihr Blick glitt hinüber zu einem Regal mit Vorratsgläsern, das gewackelt hatte, seit die Halterung ein wenig locker war.

Elias setzte zu einer Antwort an, als sich abrupt die Tür öffnete und Xaver eintrat. Sofort breitete sich eine ungewöhnliche Stille bei den Gästen in der Nähe aus. Der Geiger sah abgekämpft aus, tiefe Schatten lagen unter seinen Augen. Er steuerte geradewegs auf den Tresen zu, stellte die Geige achtlos auf einen Stuhl und blickte Elias herausfordernd an.

„Zwei Tassen starken Kaffee, bitte", sagte er brüchig. „Und… irgendwas Süßes."

Madame Yara hob eine Augenbraue, während Elias zögernd nickte. „Kommt sofort." Er griff nach einer Kanne und füllte eine Tasse. Zwei Tassen, wie Xaver verlangt hatte, aber Xaver war allein hereingekommen. Erwartete er jemanden?

Elias stellte die Tassen auf ein Tablett und trat an einen der leeren Tische, an dem Xaver Platz genommen hatte. „Hier. Und Süßes kommt gleich. Bist du… alles in Ordnung bei dir?" Er wusste, dass Xaver solch eine Frage nur ungern hörte, aber ihm entging nicht, wie fahrig der Mann wirkte.

Xaver schnaubte, griff nach der ersten Tasse und kippte den Kaffee fast in einem Zug hinunter. „In Ordnung? Nein, nichts ist in Ordnung. Aber das interessiert dich vermutlich nicht."

Elias schwieg kurz, setzte sich dann vorsichtig an die Tischkante, die Kaffeekanne noch in der Hand. „Erzähl es mir. Vielleicht irre ich mich, aber du scheinst… verzweifelt. Hat es mit Leandra zu tun?"

Xaver hob den Blick, in dem eine Mischung aus Wut und Elend funkelte. „Leandra? Ich weiß nicht, ob ich sie jemals wieder verstehe. Sie stellt mein ganzes Leben auf den Kopf, redet davon, dass sie nicht mehr so viel auftreten will – oder nur noch bestimmte Stücke spielen, die keinen Profit bringen. Geld ist ihr egal, sagt sie. Aber wir leben nun mal nicht in einer Luftschlosswelt. Dann muss ich alles allein durchziehen." Er stützte seine Stirn in die Hand. „Außerdem… kommt noch hinzu, dass ich Leute am Hals habe, die Geld sehen wollen. Leute, die mich gefördert haben, denen ich scheinbar etwas schulde."

Ein beunruhigendes Prickeln durchfuhr Elias. „Von welcher Art Leute sprichst du?"

Xaver griff zur zweiten Tasse. „Nenn sie Geldverleiher, Mäzene, was du willst. Jedenfalls haben sie es nicht gern, wenn man nicht liefert. Ich bräuchte dringend einen großen Auftritt, eine Tournee, etwas, das ordentlich Geld abwirft. Aber Leandra ziert sich. Sie hat… andere Vorstellungen, will nur noch spielen, was sie erfüllt, was sie wahrhaftig nennt. Vielleicht hat sie recht. Aber wir leben nicht in einem Märchen, verdammt." Dann senkte er die Stimme. „Und dann bist da noch du, der in ihrem Herzen herumspukt."

Elias holte tief Luft. „Ich bin ihr Freund, Xaver. Wenn du sie wirklich respektierst, solltest du ihre Entscheidung akzeptieren.

Manchmal bedeutet wahre Kunst, sich nicht nur dem Markt zu beugen."

Xaver lachte bitter. „Das klingt nett und ehrlich. Aber es ändert nichts daran, dass wir Rechnungen zu zahlen haben. Leandra braucht vielleicht nichts, außer Musik. Ich aber…" Er zuckte die Schultern. „Ich brauche Geld. Und wenn ich es nicht auf die ehrliche Tour bekomme, dann…" Er brach ab, starrte in den leeren Kaffeebecher.

Elias nahm ihm behutsam den Becher ab und goss nach. „Hör zu… Ich weiß nicht, ob es hilft, aber es gibt immer einen anderen Weg, als sich an zwielichtige Leute zu verkaufen. Leandra hat dich an ihrer Seite gebraucht, als sie blind wurde, du hast ihr geholfen, ihre Musik in die Welt zu tragen. Jetzt wendet sich der Wind. Vielleicht brauchst du sie jetzt, um dich von diesem Weg abzubringen, der dich ins Unglück führt. Und ich könnte…"

Xaver schüttelte heftig den Kopf, als wollte er kein Mitgefühl hören. Mit zitternden Händen führte er die Tasse an den Mund und nahm einen weiteren Schluck. „Was willst du schon tun? Du hast selbst kaum etwas in dieser Stadt, außer…" Er verzog den Mundwinkel. „Außer diesem Mysterium, von dem alle flüstern. Du, Adolfo, Alenja, diese Ruinen. Glaub mir, Elias, Leute reden. Ich höre manche Stimmen, die sagen, ihr wärt Irren auf der Spur. Wenn du es schaffst, daraus Geld zu schlagen, gib mir Bescheid." Sein Ton war bitter, aber in seinen Augen flackerte ein Hauch von brennender Neugier.

Elias war sprachlos. So vieles wollte er Xaver sagen, erklären, dass dieser Weg keine schnelle Lösung bot, sondern eine Reise ins Unbekannte. Doch bevor er etwas erwidern konnte, erhob sich Xaver jäh. Er warf ein paar Münzen auf den Tisch, griff sein Geigenetui.

„Schenk der zweiten Tasse jemand anderem." Dann stürmte er aus dem Café.

Madame Yara hatte das Ganze beobachtet, war jedoch nicht eingeschritten. Sie trat an Elias heran, der noch immer das Tablett hielt. „Ein Gequälter, dieser Xaver. Und dein Blick sagt mir, dass du einiges mehr weißt. Pass auf, dass du dich nicht übernimmst. Erst Jonas mit seinen Problemen, jetzt noch dieser Musiker. Du kannst nicht die ganze Stadt retten, Elias."

Er nickte geistesabwesend. Er spürte, wie Xavers Worte in ihm nachklangen: *„Wenn du es schaffst, daraus Geld zu schlagen, gib mir Bescheid."* Wie weit war Xaver schon gegangen? Und in wessen Schuld stand er? Eine beunruhigende Vermutung keimte in Elias auf: Könnte Xaver ebenfalls mit diesem Zirkel in Verbindung geraten sein, von dem Jonas gesprochen hatte – jener Gruppe, die in Vinedo Fäden zog? Er hoffte inständig, dass Leandra davon nicht mit hineingezogen würde.

Am späten Nachmittag verließ Elias das Café. Er hatte seine Schicht beendet, Madame Yara verabschiedet und sich die Zeit genommen, ein paar Einkäufe für Adolfo zu erledigen. Nun lief er durch die Gassen, den Kopf voller Fragen. Die Stadt wirkte trotz der regen Betriebsamkeit eigentümlich verschattet, als läge eine unsichtbare Wolke über den Menschen.

Er wandte sich hinauf zur Oberstadt, um Alenja wie verabredet in ihrem Haus zu treffen. Der Himmel hatte sich verzogen; graue Wolken lagerten über den Dächern, die Luft erschien stickig. Elias fröstelte. *Kommt ein Sturm?*

Und als er um eine Biegung bog, sah er am Ende der Gasse eine schmale Gestalt. Für einen Moment glaubte er, sie wiederzuerkennen – ein dünnes Gesicht, ein Mantel, der im Wind flatterte.

War das nicht jene Gestalt, die ihn schon im Buchladen belauscht zu haben schien? Sofort beschleunigte Elias die Schritte, wollte Klarheit. Doch die Gestalt spähte kurz zu ihm, wandte sich dann um und rannte davon.

„He!", rief Elias, setzte nach. Er hasste es, dieses ständige Entziehen, diese flüchtigen Schatten. Doch als er die Gasse erreichte, war sie leer. Keine Spur von Schritten, kein Rascheln. Als hätte sich die Gestalt in Luft aufgelöst.

Fluchend ballte Elias die Hände zu Fäusten. Er fühlte sich verfolgt, eingeengt. Aber wer? Und warum? War es Zufall, oder gehörte dieser Unbekannte zu jenem Zirkel? Er fröstelte stärker und ging rasch weiter, weg vom lauernden Gefühl, nicht allein zu sein.

Alenjas Haus wirkte an diesem späten Tag wie ein finsteres Gebilde: Das blaue Tor in der Mauer hob sich kaum vom Dämmerlicht ab. Er klopfte, zunächst sachte, dann lauter. Nach einer Weile hörte er das bekannte Schlurfen von Alenjas Schritten. Als sie die Tür öffnete, fielen ihm sofort ihre ernsten Augen auf: Diese seltsam hellen, blauen Iriden, die ihn musterten, als sähen sie mehr, als er begreifen konnte.

„Komm rein, Elias", sagte sie leise. „Wir haben wenig Zeit, bevor das Wetter umschlägt, und noch weniger, bevor andere Dinge sich zuspitzen."

Er folgte ihr durch den verwilderten Garten in das kleine Haus, wo in einem dämmerigen Raum mehrere Kerzen brannten. Die Luft roch nach Kräutern, Ruß und alten Büchern. Auf dem Tisch lagen Schriftrollen, Pergamente und ein Tintenfass. Das Kaminfeuer flackerte schwach.

Dort warteten Adolfo und Sander – wider Erwarten doch in Begleitung seines Großvaters –, scheinbar bereits in ein Gespräch vertieft. Adolfo hob den Kopf, als Elias eintrat, und nickte ihm zu. „Gut, dass du da bist. Wir müssen dringend reden."

Sander rückte etwas zur Seite, damit Elias am Tisch Platz nehmen konnte. „Alenja hat Neuigkeiten. Und sie sind… beunruhigend", sagte der Junge mit gepresster Stimme.

Alenja setzte sich mit einem Seufzen auf einen alten Stuhl. „Ich habe alte Aufzeichnungen eines gewissen Eschverius gefunden – ein Mönch, der vor Jahrhunderten hier gelebt haben soll, als das Kloster noch stand. Darin ist die Rede von einer kleinen Bruderschaft, die versuchte, durch mystische Rituale den *Architectus* zu beschwören, um Einblick in den kosmischen Bauplan zu erhalten. Diese Bruderschaft nannte sich *Circulus Internus* – der ‚Innere Zirkel'."

Elias' Herz schlug schneller. *Circulus… Zirkel… War das die Organisation, vor der Jonas Stein sich fürchtete?*

Adolfo strich sich über den Bart. „Offenbar haben schon damals nicht alle Mönche diesem ‚Inneren Zirkel' angehört. Der Abt verurteilte dessen Praktiken, weil sie ihm zu ketzerisch erschienen. Es kam zum Zerwürfnis. Laut Eschverius' Bericht verschwand die Gruppe spurlos, kurz bevor die große Flut das Kloster zerstörte. Manche sagen, sie hätten ihr Wissen in den Untergrund gebracht, anderen zufolge sind sie alle umgekommen. Oder… haben sich in der Stadt neu formiert, im Verborgenen."

Eine unheimliche Stille trat ein, nur unterbrochen von einem leisen Knistern der Kerzen. Elias erinnerte sich an Jonas' Erzählung über eine Gruppe einflussreicher Leute, die alte Schriften suchten und Druck auf Gegner ausübten. *Das passt zusammen,* schoss es ihm durch den Kopf. *Die Bruderschaft, der Zirkel – vielleicht existiert sie noch immer in Vinedo.*

„Wenn dem so ist", sagte Alenja langsam, „dann erklärt es, warum du dich so beobachtet fühlst, Elias. Warum Jonas bedroht wird. Und vielleicht, warum unsere Funde in der Krypta für manche so wichtig sind."

Sander erbleichte. „Aber… was wollen die von Elias?"

Adolfo sah ihn mit ernstem Blick an. „Weil er der Einzige ist, der jene Runen im Notizbuch hat – Runen, die genau in dieses alte System passen. Elias könnte etwas wissen, könnte ein Schlüssel sein. Oder sie fürchten, dass er den Weg zum wahren Wissen findet, das sie für sich beanspruchen."

Elias' Gedanken wirbelten. *Bin ich wirklich der Schlüssel?* Dann fiel ihm das Wort *Architectus* wieder ein. Er dachte an den alten Mann, der ihn damals auf dem Hochhausdach angesprochen hatte. War dieser Mann Teil des Zirkels gewesen – oder ihr Gegenspieler? Sein Kopf schmerzte vor lauter Fragen.

Schließlich fasste er sich: „Wir müssen handeln. Wenn diese Leute existieren, sollten wir zumindest nicht unvorbereitet sein. Vielleicht sind sie es auch, die in den Ruinen herumhuschen, wer weiß. Ich will morgen zurück in die Krypta. Ich muss überprüfen, ob sich dort neue Spuren finden. Vielleicht ein weiterer Gang, ein Hinweis auf jenen Glockenturm oder dieses ‚Tor', von dem die Chronik sprach."

Adolfo runzelte die Stirn. „Elias…" Man konnte sehen, wie Sorge und Respekt um die Vorherrschaft in seinem Gesicht kämpften. „Ich verstehe, dass du entschlossen bist. Alenja und ich werden dir helfen, so gut wir können. Aber wir wissen nicht, wie gefährlich es wirklich ist."

Alenja griff nach einem dünnen Pergament. „Hier steht eine Andeutung, dass sich unter dem Glockenturm eine Kammer befand, in der Rituale durchgeführt wurden. Man nannte diese Kammer *Atrium silentii* – ‚Halle des Schweigens‘. Möglicherweise ist diese Halle Teil der Krypta, die wir noch nicht entdeckt haben. Wenn du sie findest, könntest du auf dieselben Schriften oder Gegenstände stoßen, die der Zirkel sucht.“

Elias atmete tief durch. Er spürte das leise Frösteln, das ihn jedes Mal überkam, wenn er an die dunklen Gewölbe dachte. „Dann sollten wir gezielt dort suchen – vermutlich nahe jenes Schachts, an dem wir vorbeigekommen sind. Wir brauchen mehr Seile, Lampen. Und wir sollten die Eingänge sichern.“

Adolfo nickte. „Abgemacht. Aber wir gehen nur, wenn du dich an Vorsichtsmaßnahmen hältst. Ich lasse nicht zu, dass du… wir… in eine Falle geraten.“ Er holte zitternd Luft. „Wir würden zu dritt aufbrechen – du, ich und Alenja, wie zuvor. Sander bleibt hier und achtet auf den Buchladen, und…“

Sander protestierte halbherzig, fügte sich dann aber. Es war offensichtlich, dass er seine Aufgabe verstand.

Alenja erhob sich schwankend. „Gut, dann ruhen wir uns aus. Jeder soll seine Vorbereitungen treffen, und morgen, kurz nach Tagesanbruch, brechen wir auf. Ich bringe Weihrauch und Kräuter, um die Luft zu reinigen, und einen starken Trank gegen Übelkeit und Furcht. Es mag lächerlich klingen, aber meine Erfahrung lehrt mich: Angst kann uns bremsen. Ein klares Bewusstsein kann lebensrettend sein.“

Elias erhob sich ebenfalls, verbeugte sich leicht in ihrer Richtung. „Danke für alles, Alenja. Du tust so viel für uns.“

Sie winkte ab. „Ich will doch nur, dass diese Stadt endlich ihren Frieden findet. Und ich sehe in deinen Augen, Elias, dass du deine eigenen Schatten erleuchten willst." Ein stilles Lächeln huschte über ihr Gesicht. „Das ist unser gemeinsames Anliegen."

Ein seltsamer Trost umfing Elias, als er hinaus in die bereits dunklen Straßen trat. Er streichelte unbewusst über das Notizbuch in seiner Manteltasche. Wieder konnte er kaum glauben, dass diese Route vor einigen Wochen noch undenkbar gewesen wäre: Er, Elias Winter, Stararchitekt, gefangen in einer Sinnkrise, nun wandernd durch mystische Ruinen, verwickelt in Geheimorden, spürend, dass sein Lebenszweck sich hier entfaltete.

Noch in derselben Nacht fand Elias keinen Schlaf. Er saß in seinem Zimmer, auf dem einfachen Strohbett, und betrachtete die Zeichen, die sie aus der Krypta abgeschrieben hatten. Manchmal glaubte er, in den verschlungenen Runen Muster zu sehen, die sich für Sekundenbruchteile verbanden und ihm eine Botschaft ins Ohr flüsterten. Dann verschwammen sie wieder, als verlöre er den Faden.

Irgendwann nahm er eine kleine Öllampe und trat ans Fenster. Die Gasse war menschenleer, Laternen spendeten trübes Licht. In der Ferne sah er schwach die Umrisse der höheren Stadtmauern, dahinter dunkelte die Hügellandschaft, in der die Ruinen schlummerten. Sein Herz zog sich zusammen in einer Mischung aus Angst und Vorfreude. *Morgen*, dachte er. *Morgen wird sich vielleicht zeigen, was wirklich hinter diesem Tor liegt. Und was die Bruderschaft wollte.*

Ein Teil von ihm fürchtete, dass sie auf Leichen stoßen würden – buchstäblich und seelisch. Doch ein anderer Teil konnte es kaum erwarten, das Rätsel zu lösen. *Architectus… Bist du ein Mensch? Ein Symbol? Ein Prinzip? Und warum hast du mich damals vor dem Sprung gerettet?*

Er berührte die Narbe an seiner Seele, jene Leere, die ihn als gefeierter Architekt einst fast in den Tod getrieben hatte. Ob all das nun Teil eines größeren Plans war?

Plötzlich hörte er von draußen ein leises Klappern. Er beugte sich vor, doch erkannte nur das Flackern einer Laterne. Konnte es der Wind sein? Oder war wieder jemand in der Gasse? In letzter Zeit vernahm er so oft Geräusche, die darauf hindeuteten, dass er beobachtet wurde. Er schloss das Fenster, versuchte, den Rest seiner Angst mit tiefen Atemzügen zu vertreiben.

Eine Stunde später, oder vielleicht waren es zwei, verfiel er endlich in Schlaf. Er träumte von einem langen Gang inmitten stürzender Wasserwellen, von goldenen Runen, die sich an Deckenbögen ergossen, und von einem Mann in dunkler Kutte, der ihm die Hand hinhielt. Kurz bevor Elias sie ergreifen konnte, erwachte er mit klopfendem Herzen.

Der Morgen kam klar und kalt. Ein perfekter Tag, um tief in die Erde hinabzusteigen. Elias lachte ironisch über diesen Gedanken, während er sich anzog. Er fühlte sich zerschlagen, zugleich angespornt. Er packte einen kleinen Rucksack mit einer Wasserflasche, haltbarem Brot, der Kopie des Plans und dem Notizbuch. Adolfo stellte Seile und Taschenlampen bereit, Alenja erschien wenig später, ihrerseits mit Kräutern und einem Lederriemen voller Fläschchen.

Sie hatten beschlossen, Sander an diesem Tag nicht zu informieren, wann genau sie aufbrachen, um keine Unruhe zu erzeugen. Der Junge wusste ohnehin, dass es heute passieren würde, aber er hatte sich gefügt, half in der Buchhandlung und verabschiedete Elias nur mit einem stummen Blick.

So machten sie sich auf, drei Gestalten mit ernstem Schritt, hinaus in die Gassen, durch das Nordtor, über die kargen Hügel. Ein leichter Wind strich über die Wiesen, und die Sonne schien matt durch einen dünnen Wolkenschleier.

Niemand sprach viel auf dem Weg. Erst kurz vor den Ruinen brach Alenja das Schweigen. „Wir suchen also gezielt nach Spuren eines Glockenturms? Oder nach jener Halle, dem *Atrium silentii?*"

Adolfo nahm seinen Hut ab und wischte sich über die Stirn. „Ja. Laut Grundriss stand der Turm auf der Nordseite der Kirche. Aber nach der Flut müssen die Mauern eingestürzt sein. Es gibt vielleicht unterirdische Reste. Wenn wir Glück haben, finden wir einen gemauerten Rundgang oder ein Treppenfundament."

Elias spürte sein Herz klopfen, als sie den zerbrochenen Torbogen der Ruinen passierten. Wieder umfing sie jene beklemmende Stille, in der man nur das Summen des Windes in den Steinen vernahm. Zersplitterte Mauern lagen kreuz und quer, Bäume reckten sich wie verkrümmte Hände in den Himmel. Kein Mensch war zu sehen – oder?

Er verweilte kurz, ließ den Blick schweifen. *Hoffentlich keine ungebetenen Beobachter.* Eine innere Stimme mahnte, dass sie nicht allein waren, doch er sah nichts.

Alenja schürzte die Lippen, als sie eine umgefallene Säule betrachtete. „Diesmal haben wir mehr Seile. Wo wollt ihr hinabsteigen? Dort, wo ihr letztes Mal eingestürzt seid? Oder an einer anderen Stelle?"

Elias blätterte im Pergamentplan, den Sander besorgt hatte. „Hier drüben – wir haben beim letzten Mal einen Gang genommen, der an einer Abzweigung endete. Vielleicht führt der linke Abzweig tiefer in Richtung Glockenturmfundamente."

So tasteten sie sich über Geröllfelder, bis sie zu einer halb eingestürzten Türöffnung kamen, hinter der ein baufälliger Korridor begann. Deutliche Spuren vom letzten Unwetter zeigten sich: Schlamm und Gestein hatten Teile des Weges verschüttet. Doch mithilfe ihrer Seile und Adolphos Brechstange räumten sie genug frei, um sich hindurchzuquetschen.

Innen war es kälter als erwartet, Feuchtigkeit tropfte von den Steinen. Alenja zündete ein Bündel Kräuter an, dessen Rauch einen eigenartigen, leicht bitteren Duft verströmte. „Das hält Schimmelsporen in Schach und klärt den Kopf", erklärte sie knapp.

Elias ließ den Lichtkegel seiner Lampe umhertanzen, an Decken und Wänden. Sie entdeckten wieder Freskenfragmente, doch kaum mehr erkennbar, bis auf ein paar Kreise und Linien. Nach wenigen Metern stießen sie auf eine Steinwand, in der eine schmale Öffnung klaffte – ein Durchbruch, möglicherweise keine Originaltür. Dahinter fiel es steil ab.

„Achtung." Elias zog Seile hervor. „Wenn das der Zugang zur Krypta ist, brauchen wir eine Sicherung."

Mit zitternden Fingern verknotete er das Seil um einen halbwegs stabilen Pfeiler, testete die Spannung, dann ließ er das Ende in die Dunkelheit hinab. Adolfo zog an einem weiteren Seil, um Alenja abzusichern. So begannen sie, sich durch die enge Spalte abzuseilen.

Die Luft roch faulig, aber der Kräuterduft mischte sich hindernd darunter, sodass es erträglich blieb. Das Herz pochte Elias bis zum Hals, während er vorsichtig Schritt für Schritt tiefer glitt. Hinter ihm Alenja, darunter Adolfo. Schließlich berührten seine Füße festen Boden – oder halbwegs festen: Schlamm, durchsetzt von Steinbrocken. Er richtete die Lampe auf und erschrak.

Vor ihnen lag ein gewaltiges Gewölbe, größer als alles, was sie bisher in den Ruinen gesehen hatten. Dunkle Säulen ragten auf, teils zerbrochen, teils in Schieflage. An den Wänden huschten ihre Lichtkegel über eingestürzte Bögen. Ein unheimliches Gefühl erfasste Elias, als wäre hier eine riesige Kirche unter der Erde begraben.

Alenja stieß einen leisen Laut aus: „Mein Gott. Das muss der Hauptraum sein, von dem die Chroniken sprachen… ein Teil der Kirche, der versank."

Adolfo kam neben sie. „Sieh mal, das da drüben…" Er leuchtete schräg an die Wand, wo sich ein halb verschütteter Steinrundbau abzeichnete.

Elias trat näher, durch knöchelhohes Wasser, das sich in einer Mulde gesammelt hatte. „Ein Turmsockel? Das könnte der Glockenturm gewesen sein, oder was davon übrig ist."

Sein Herz raste, als er in dem Schein seiner Lampe Türen, Rundbögen und Risse erkannte, die teilweise von Erdreich verstopft waren. *Wir sind nah dran*, sagte ihm eine innere Stimme. *Hier, irgendwo, könnte das Atrium silentii sein.*

Langsam folgten sie der Wand, hielten die Lampen hoch. Das Gewölbe wirkte einst grandios, mit Rippenbögen und Pfeilern, doch nun war alles vom Zahn der Zeit angenagt. Wurzeln hingen herab, Schutt türmte sich in Ecken. Ein unheilverheißender Hall lag in der Stille, sodass jeder Tritt, jeder Atemzug wie ein Donnerschlag wirkte.

Nach einigen Metern entdeckten sie eine seitliche Aussparung, halb verdeckt durch einen eingestürzten Pfeiler. Gemeinsam hievten sie Geröllbrocken beiseite, bis ein Durchgang frei wurde. Dort, in der Wand, war eine verzierte Pforte eingearbeitet: ein

Steinbogen mit seltsamen Symbolen, die Elias sofort wiedererkannte – Dreieck, Kreis, Runenschrift.

„Das muss das Tor sein!", entfuhr es ihm. „Oder zumindest ein Eingang in diesen Bereich."

Alenja trat heran, ihre Augen vor Anspannung geweitet. „Sieh dir die Zeichen an. Da steht wieder *Architectus* – und daneben…" Sie stockte.

Adolfo leuchtete mit seiner Lampe, und Elias erstarrte. Neben dem Wort *Architectus* hatten die Erbauer eine verschlungene Figur gemeißelt, die an einen Schlüssel erinnerte, jedoch gleichzeitig aussah wie eine Hand. Darunter verlief eine Spirale von Runen, die in einem einzigen lateinischen Wort mündete: *Aperi*.

„Öffne", flüsterte Alenja.

Elias spürte, wie sein Herz klopfte, seine Schulter brannte vor lauter Anspannung. Er streckte zögernd die Hand nach dem merkwürdigen Schlüssel-Symbol aus. „Vielleicht… gibt es einen Mechanismus? Oder es ist nur ein Symbol für ‚Öffne dein Herz', wie in meinem Notizbuch…"

Adolfo machte einen Schritt zurück. „Vorsicht. Wir wissen nicht, was auf der anderen Seite liegt."

Elias warf einen entschlossenen Blick in die Runde. Dann trat er dicht an die Tür heran. Tatsächlich erfühlte er eine kleine Aussparung, als könne man die Hand hineinlegen. Zitternd legte er seine rechte Handfläche darauf.

In diesem Augenblick vibrierte die Luft, oder vielleicht war es nur sein Herzschlag. Er drückte sacht, und plötzlich glitt ein Stein im Bogen ein wenig zurück. Ein Knirschen. Adolfo und Alenja wichen alarmiert zurück, während Staub von oben rieselte.

Langsam schwang ein Teil der Mauer nach innen. Dahinter lag pechschwarze Finsternis, schwach roch Elias abgestandene Luft und – etwas Unbestimmbares. Eine seltsame Mischung aus modrigem Rauch und einem bitteren Duft, als wären dort alte Harze verbrannt worden.

Elias spürte, wie seine Kehle eng wurde. Es war soweit: Hier war das *Atrium silentii* – oder was davon übrig war. Schweigend zückte er die Lampe, tastete sich ins Dunkel. *Dies ist der Punkt, an dem der Weg sich offenbart,* dachte er. *Oder an dem ich alles verliere.*

Kaum waren sie eingetreten, fauchte eine Brise, als zöge es Luft in den Raum. Im Schein ihrer Lampen sahen sie, dass sie sich in einer runden Kammer befanden, deren Wände mit Malereien bedeckt waren. Doch das meiste war abgeblättert, schwer zu erkennen. Auf dem Boden lag eine dicke Staubschicht, unterbrochen von einer Art steinerner Platte in der Mitte.

Alenja ging vorsichtig in die Hocke, ihre Lampe näher zum Boden geneigt. „Hier ist..." Ihre Stimme bebte. „Ein Symbol im Stein. Wieder Dreieck und Kreis. Aber größer, kunstvoller. Sieht aus wie eine Art Siegel, das den Boden verschließt."

Elias näherte sich, umfasste die klamme Lampe mit beiden Händen. Der Rand des Siegels war von Runen gesäumt, die er teils erkannte: *Architectus, Veritas, Cor* (Herz), *Mortis?* Der Mörtel rundherum wies Haarrisse auf, als hätte es Versuche gegeben, die Platte zu heben.

Da raunte Adolfo: „Seht mal, hier im Staub... Fußspuren!"

Erschrocken wirbelte Elias herum. Tatsächlich erkannte man im Streulicht unregelmäßige Abdrücke im dicken Staub, die nicht von ihnen stammen konnten. Jemand war hier gewesen, wahrscheinlich kürzlich, denn die Abdrücke wirkten nicht uralt. Ein eisiger Schauder kroch Elias den Nacken hinauf.

„Wir sind nicht die Einzigen, die nach dem *Atrium silentii* suchen", flüsterte Alenja.

Elias kniete sich hin, untersuchte die Spur. Der Schuhabdruck wirkte schmal, aber tief eingedrückt. Ein einzelner Abdruck, der in Richtung der Wand verlief, wo er im Dunkel verlorenging. *Der unbekannte Beobachter? Der Zirkel?*

Adolfo trat an das steinerne Siegel in der Mitte der Kammer. „Was immer hier verborgen ist, jemand wollte es – oder hat es vielleicht schon genommen." Er beugte sich vor, fuhr mit den Fingern am Rand entlang, bis er einen Absatz im Stein erfühlte. „Man könnte versuchen, die Platte anzuheben. Aber ob wir es sollten?"

Alenja stand mit gerunzelter Stirn daneben. „Die Legenden sagen, in dieser Halle solle man das Schweigen ehren – und nur der, der das wahre Herz sucht, dürfe den Weg öffnen. Wir kennen weder Ritual noch Absicht."

Elias blickte auf seine Hand, die einst die Hand jenes Architekten gehalten hatte. *Ein Pakt, der mich ins Leben zurückholte.* Langsam, fast unwirklich, hob er die Handflächen und legte sie auf das Siegel. Ein Vibrieren schien durch seinen Körper zu gehen. Erinnerungen an die Nacht auf dem Dach, an das Notizbuch, an Leandras Melodien, an Jonas' verwirrten Blick. All das flutete durch ihn wie eine Welle.

Dann spürte er einen leichten Nachgeben des Steins, als wäre er der Schlüssel. Ein deutliches Knirschen ertönte. Staub rieselte. Alenja und Adolfo wichen entsetzt zurück, während im Boden ein Riss erschien, Lichtschlieren flammten kurz auf – oder bildete er sich das ein?

Mit einem stöhnenden Laut verschob sich die Platte um einige Zentimeter. Die Luft füllte sich mit einem altertümlichen Geruch, und Elias' Herz raste. Er hörte Alenjas Rufe, doch sie drangen wie durch Watte an ihn heran. *Wehe, wenn hier unten etwas lauert, das wir nicht bändigen können.*

Gerade wollte Elias sich zurückziehen, als er einen Schatten in der Türöffnung wahrnahm – eine zierliche Gestalt in einem Mantel, das Gesicht im Dämmerlicht verborgen. Zu spät reagierte er. Die Gestalt huschte an Adolfo vorbei, sprang auf Elias zu und rammte ihn mit voller Wucht zur Seite. Er stürzte gegen die Wand, verlor das Gleichgewicht, die Lampe flog klirrend zu Boden.

Ein gellendes Kratzen fuhr durch den Raum, als der Unbekannte die Platte wieder zudrückte. Die Kammer erzitterte, und ehe Elias sich aufrappeln konnte, war die Gestalt schon zur Tür hinaus. Adolfo schrie etwas, rannte hinterher. Alenja tastete in der Dunkelheit nach Elias.

Elias atmete keuchend, der Schmerz in seiner Schulter loderte. „Zurück!", stammelte er. „Hinterher!"

Doch als Alenja die Tür erreichte, hörten sie nur noch schnelle Schritte, die sich entfernten. Wieder stand ein unerwarteter Eindringling zwischen ihnen und dem Geheimnis. Rasch half Alenja Elias auf die Beine. „Bist du verletzt?"

Er fuhr sich über die Stirn, spürte Blut. „Nur ein Kratzer, denke ich. Wo ist Adolfo?"

„Er ist dem Fremden nachgelaufen." Ihre Stimme zitterte. „Ich kann ihn nicht hören – warte…"

Sie eilten zur Tür hinaus, riefen Adolfo leise, um keinen Einsturz zu riskieren. Keine Antwort. Nur die bedrückende Stille der riesigen Unterkirche. Elias' Herz raste. *Was, wenn Adolfo in eine Falle gelockt wurde?*

Alenja hob ihre Laterne, die durch den Stoß stark gedimmt war. „Wir müssen ihn suchen. Hoffentlich ist er nicht weit."

„Und das Siegel…" Elias warf einen Blick in die Kammer. Die Steinplatte wirkte unverändert, als wäre nichts geschehen. In ihm loderte Verzweiflung. *Wir waren so nah dran.* Doch Adolfo war wichtiger.

So stolperten sie in den großen Gewölberaum zurück, der unheimlich und still in mattem Licht lag. Elias rief Adolfo mit gedämpfter Stimme, klanglos hallte es an den Wänden wider. Ein eisiger Schauer kroch ihm über den Rücken. *Was, wenn jener Unbekannte nicht allein ist?*

Plötzlich rührte sich etwas links von ihnen. Adolfo trat aus einer Seitennische, die Lampe in der Hand. Sein Gesicht war aschfahl. „Er… er ist weg. Ein schmales Loch in der Wand, durch das er gekrochen ist. Ich kann da unmöglich durch. Habe nur seine Schritte noch gehört, dann war er fort."

Elias atmete auf, gleichzeitig flammte Wut in ihm auf. „Wir müssen hier weg, bevor noch Schlimmeres passiert. Wer auch immer das war – er wollte verhindern, dass wir die Platte öffnen."

Adolfo nickte stumm, atemlos. Alenja warf einen letzten Blick zur verborgenen Kammer. „Vielleicht… wollen sie es selbst öffnen. Oder nie geöffnet sehen. Wir wissen es nicht."

Keiner sprach mehr, als sie den Rückweg antraten. Zu groß war die Gefahr, dass weitere Angreifer lauerten. In gehetztem Schweigen machten sie sich daran, den Gewölberaum zu verlassen und die Seile hochzuklettern, zurück in die bröckelnden Gänge. Ein erneutes Zusammenbrechen war nahe, jeder Schritt hallte wie ein Menetekel.

Erst als sie wieder das Freie erreichten, sank Elias auf die Knie, schnappte nach Luft. Die Sonne stand im Zenit, blendete seine müden Augen. Adolfo trat neben ihn, beugte sich keuchend vor, während Alenja sich gegen eine Mauer stützte. Keiner sagte ein Wort, doch sie wussten: Hier war eine Grenze überschritten worden. Jemand – oder etwas – hatte sie in den Tiefen erwartet.

Elias' Gedanken rasten: *Das Siegel, das sich bewegte, der Schatten, der mich umgestoßen hat.* Er spürte eine glühende Mischung aus Zorn und Ohnmacht. Sie waren so nahe daran gewesen, das Mysterium zu lüften, und doch hatte man sie zurückgedrängt.

Als er endlich den Mut fand, aufzusehen, huschte ein letzter Gedanke durch sein Inneres: *Wer immer das war, kannte sich aus. Vielleicht gehört er zu diesem Zirkel. Vielleicht hat er denselben Schlüssel – oder fürchtet unsere Entdeckung.*

Seine Seele bebte. In diesem ungewissen Schwebezustand, zwischen drohendem Chaos und dem Versprechen einer Offenbarung, erkannte Elias, dass es kein Zurück mehr gab. *Der Weg zum Kern*, flüsterten die Runen in seinem Kopf. Und er hatte das Gefühl, die Schatten würden von nun an nur noch dichter werden.

„Wir kehren in die Stadt zurück", sagte Adolfo heiser. „Und wir bereiten uns besser vor."

Elias nickte stumm. Ja, sie mussten sich neu wappnen. Doch tief in seinem Innern wusste er, dass all dies nicht nur um einen Schlüssel und ein Siegel ging. Es war eine Prüfung seines eigenen Daseins – und der dunklen Kräfte, die in Vinedo lauerten.

Gemeinsam machten sie sich auf den Rückweg, mit klopfenden Herzen und einem Wissen, das schwer auf ihnen lastete: *Unter dem flüsternden Stein, im Atrium silentii, liegt das Geheimnis, das alles verändern könnte – und manch einer würde töten, um es für sich zu behalten.*

Der wahre Sinn des Lebens

Die Stimmung im Buchladen war bedrückt, als Elias, Adolfo und
Alenja von ihrem letzten Ausflug in die Ruinen zurückkehrten.
Staubverkrustet, erschöpft und voller Fragen hatten sie sich kaum
die Mühe gemacht, ihre Kleider abzuschütteln, bevor sie herein-
stolperten. Sander, der am Tisch saß und sorgenvoll auf ihre
Rückkehr gewartet hatte, sprang auf, sobald er die drei erblickte.
Doch seine neugierigen Fragen traten ungesagt hinter die Erleichterung zurück, die in seinem Gesicht zu lesen war, als er sah, dass
niemand lebensgefährlich verletzt war.

Elias ließ sich schwer auf einen wackeligen Stuhl sinken und
nahm den Becher Wasser entgegen, den Sander ihm brachte. Er
konnte kaum die Enge in seiner Brust beschreiben – ein seltsamer
Mix aus Erschöpfung, Zorn über den Unbekannten, der sie ange-
griffen hatte, und der frustrierenden Nähe zur Wahrheit, die ihm
wieder entrissen worden war.

Adolfo stand in der Mitte des Raumes und erzählte Sander
knapp, was geschehen war: wie sie die Kammer gefunden, das
Siegel berührt, und dann der Fremde sie plötzlich überfallen
hatte. Alenja, die sich auf einen Hocker gesetzt hatte, wirkte
gleichzeitig gefasst und tief erschüttert. Sie hatte die flüchtigen
Fußspuren ebenso gesehen wie die Spuren am Stein: *Jemand*, der
sich in den Ruinen auskannte, wollte das Siegel um jeden Preis
vor ihnen bewahren – oder für sich beanspruchen.

Als die ersten Schilderungen verstummt waren, setzte sich eine
bleierne Stille auf die Runde. Draußen verharrte der Tag in grauer
Wolkenlosigkeit, als hätte selbst der Himmel die Luft angehalten.

„Wer war das?", fragte Sander schließlich, doch in seiner Stimme lag nicht nur Neugier, sondern auch Furcht.

Adolfo schüttelte den Kopf. „Wir wissen es nicht. Irgendjemand, der sich dort unten viel besser auskennt als wir. Jemand, der womöglich Zugang zu den selben alten Schriften hat wie wir – oder gar viel mehr."

Elias trank einen großen Schluck Wasser, räusperte sich. „Vielleicht war es ein Abgesandter dieses Zirkels, vor dem Jonas Stein sich fürchtet. *Circulus Internus*, Alenja hatte doch erzählt, dass die Reste dieser Bruderschaft noch existieren könnten." Er dachte an Jonas – an seinen panischen Blick, als er von Drohbriefen gesprochen hatte. „Möglicherweise haben sie bemerkt, dass wir kurz davor standen, ihr Geheimnis zu lüften."

Alenja starrte auf ihre verschmutzten Hände. „Ihr Geheimnis … oder das Mysterium eines jeden Menschen?" Sie hob den Blick, ihre hellen Augen glühten im matten Lampenlicht. „Elias, du hast es gespürt, nicht wahr? Diese Platte im Boden – es war, als würde sie direkt mit dir resonieren. Ein Funke, der durch dich gegangen ist. Als wäre *du* der Schlüssel."

Elias wollte erst widersprechen, doch ihm fehlten die Worte. Tatsächlich hatte er währenddessen ein kaum zu beschreibendes Vibrieren gefühlt, ein Sog, der ihn rief, als wäre der Stein im Begriff, all seine Fragen zu beantworten. „Ich habe … Bilder gesehen. Ganz kurz. Meine Vergangenheit. Der Moment auf dem Dach. Dann Leandras Gesicht, Jonas, das Notizbuch. Und … etwas Undefinierbares. Als würde alles in diesem Stein ruhen und nur auf den richtigen Impuls warten."

Sander horchte mit großen Augen. „Wenn das stimmt – wenn du der Schlüssel bist, warum hat dieser Fremde euch dann abgehalten?"

Elias ließ den Becher sinken. „Weil sie – oder er – es selbst nutzen wollen. Oder weil sie es nie geöffnet sehen möchten. Wir kennen ihre Motive nicht." Ein leises Frösteln erfasste ihn. *Vielleicht hütet dieses Siegel nicht nur eine Antwort, sondern auch eine Gefahr.*

Alenja legte ihre Hand an ihr Kinn. „Eines steht fest: Irgendjemand in dieser Stadt beobachtet uns. Vielleicht will er selbst dieses Siegel nutzen – oder er hat Angst, dass wir es öffnen. Wir sollten uns nicht einbilden, dass wir mehr Zeit hätten, als sie uns zubilligen. Wenn der Zirkel existiert, werden sie bald handeln."

Eine Weile herrschte Schweigen, in dem man nur die Atemzüge hörte, das Knistern einer Lampe und ein entferntes Poltern in der Straße. Draußen begann es zu regnen – ein feines Prasseln an den Fensterscheiben.

„Wir müssen uns entscheiden", sagte Elias schließlich, mit rauer Stimme. „Kehren wir dorthin zurück, um das Siegel zu öffnen – oder lassen wir es sein? Es könnte uns alles verraten, was wir suchen. Oder uns alle ins Unheil stürzen."

Adolfo warf ihm einen ernsten Blick zu. „In den Legenden wird von einer ‚Prüfung des Herzens' gesprochen, von der manche Mönche wahnsinnig wurden. Vielleicht ist es mehr als nur ein physisches Geheimnis, das dort unten lauert. Vielleicht fordert es … eine Hingabe, die nicht jeder aufbringen kann."

Alenja stand auf. „Ich bin alt. Ich habe schon viel gesehen und werde kein Menschenleben opfern, nur um Neugier zu stillen. Aber Elias – wenn jemand bestimmt ist, diesem Rätsel die Wahrheit abzuringen, dann wohl du. So wie du einst ‚gerufen' wurdest, hierherzukommen. Ihr könnt mich für verrückt halten, aber ich glaube, du bist nicht zufällig in Vinedo. Nicht zufällig beim alten Buchhändler. Und nicht zufällig hast du ein Notizbuch, das dich direkt zu diesen Symbolen führt."

Elias spürte ein Zittern in seiner Brust. „Du meinst … das hier ist alles Teil eines Plans?" Er dachte an jenen seltsamen Mann, den er nur als „den Architekten" kannte, der ihn auf dem Dach rettete, an die verschlüsselten Schriftzeichen, an das Rätsel um *Architectus*. Hatte dieser Mann alles eingefädelt?

Ehe jemand antworten konnte, hörten sie ein leises Klopfen an der Ladentür. In dieser stillen Szene klang es beinahe bedrohlich. Sander sprang auf, eilte zur Tür, während Adolfo in Habachtstellung ging. Doch es war nur Leandra, die im Regen dastand, durchnässt und frierend.

Sie griff tastend nach der Türschwelle, und Elias eilte zu ihr, führte sie rasch in den trockenen Innenraum. „Leandra! Du hast ja keinen Schirm – komm, setz dich, du bist völlig nass."

Sie hauchte ein Dankeschön, setzte sich jedoch nicht sofort, sondern wandte den Kopf in die Runde. „Ich musste euch unbedingt sehen. Ich habe … etwas erfahren, das ihr wissen müsst." In ihrer Stimme lag eine Dringlichkeit, die alle aufhorchen ließ.

Elias und Alenja führten sie zu einem Stuhl. Während sie sich abtrocknete und Adolfo ihr eine Decke um die Schultern legte, sammelte sie ihre Gedanken. „Xaver kam vorhin zu mir, vollkommen aufgelöst. Er sprach davon, dass er ‚verloren' sei und sich bei Leuten verschuldet habe, die nichts Gutes im Schilde führen. Ich dachte, es gehe um Geldverleiher. Aber jetzt, wo ich höre, was bei euch geschieht …" Sie zögerte. „Er erwähnte einen ‚Meister des Zirkels', der ihn dränge, Kontakte über mich zu knüpfen – Kontakte zu einem ‚Eingeweihten der alten Stadtgeheimnisse'. Ich verstehe nicht, was das bedeutet, aber … vielleicht seid ihr damit gemeint. Oder du, Elias."

Elias' Magen zog sich zusammen. *Xaver also – er hatte tatsächlich Kontakt mit diesem Zirkel.* „Hat er gesagt, wer sein ‚Meister' ist?"

Leandra schüttelte den Kopf, und eine nasse Haarsträhne schlug über ihre Wange. „Nein. Er war zu verstört. Er flehte mich nur an, ihm zu helfen, damit er eine ‚Gunst' erweisen könne. Aber ich wusste nicht, wovon er spricht, und habe ihn weggeschickt. Er war … voller Angst. Und Wut. Als würde er euch verraten, wenn er nicht gehorcht, oder mich. Ich bin ratlos."

Alenja tauschte einen Blick mit Elias. „Das könnte bedeuten, dass der Zirkel versucht, Xaver in die Enge zu treiben. Und wenn sie herausfinden, was wir in den Ruinen tun … Dann könnte Xaver zum Werkzeug werden, um uns zu stoppen oder um uns auszuspionieren."

Leandra fuhr mit fahrigen Fingern an ihrem Gehstock entlang. „Xaver war immer besessen von Erfolg. Vielleicht hat er nicht bemerkt, in welche Kreise er sich begibt. Bitte – wenn ihr könnt, versucht, ihn zu retten. Er ist … trotz aller Differenzen kein böser Mensch."

Elias legte sanft seine Hand über ihre. „Wir werden alles tun, was möglich ist. Aber du musst vorsichtig sein, Leandra. Wenn sie glauben, dass du zu uns gehörst, könnten sie dich ebenfalls erpressen."

Sie schluckte und nickte, während die Decke um ihre Schultern beunruhigt raschelte. „Ich will nur, dass das aufhört. Diese Stadt, sie atmet eine Unruhe, die ich spüre. Alles scheint auf einen Punkt zuzulaufen."

In der Stille, die folgte, war nur das Trommeln des Regens an den Fenstern zu hören. Draußen dämmerte der Tag in ein trübes Zwielicht. Drinnen fühlten sie sich wie in einer Blase, in der alle Fäden zusammenliefen: das drohende Geheimnis im Atrium silentii, der Zirkel, Xavers Verstrickung, Jonas' Hilferufe, und mittendrin Elias, der wie ein Reisender war, ohne zu wissen, wo seine Reise enden würde.

Sie beschlossen, dass Elias in der Nacht mit Leandra sprechen sollte, um Näheres über Xavers Lage zu erfahren. Am nächsten Morgen wollten sie versuchen, Xaver aufzuspüren, ehe sie erneut in die Ruinen aufbrachen. Vielleicht würde es gelingen, einen Keil in die Pläne des Zirkels zu treiben oder zumindest zu erfahren, wer ihr Anführer war.

Doch wie so oft in Vinedo kam alles anders. Am späten Abend – Adolfo und Sander waren gerade dabei, den Laden zu schließen, Alenja zu sich heimgekehrt – hörten Elias und Leandra plötzlich Lärm auf der Straße: aufgeregte Stimmen, das Rattern mehrerer Fuhrwerke, das Platschen von Füßen in Pfützen.

Elias trat vor die Tür. Der Regen hatte nachgelassen, doch ein nasses Halbdunkel lag über den Gassen. Im fahlen Licht der wenigen Laternen sah er eine Gruppe von Stadtwachen, die hastig an ihnen vorbeistürmte. Einer hielt eine Fackel, deren Schein dicke Schatten an die Wände warf. In der Mitte schleppten zwei Wachen eine Gestalt mit struppigen Haaren und wirren Blicken. Elias trat näher – und erkannte Xaver.

Der Musiker wirkte halb ohnmächtig, die Augen flackerten. Sein Hemd war zerrissen, seine rechte Hand umklammerte krampfhaft eine Papierrolle. Elias spürte einen Stich in der Brust. *Was ist hier passiert?*

„Warte!", rief er den Wachen zu. „Was macht ihr mit ihm?"

Einer drehte sich um. „Dieser Mann ist verrückt geworden! Er hat in den Gassen herumgeschrien, etwas von einem ‚Meister', einer Verschwörung. Wir bringen ihn zur Kommandantur, damit er sich beruhigt, oder ein Medicus ihn untersucht." Dann brummte er: „Wer seid ihr? Kennt ihr ihn?"

Leandra, die ihm gefolgt war, lauschte dem entsetzten Murmeln. „Xaver", flüsterte sie. „Um Himmels willen …"

Elias fasste sich. „Wir kennen ihn – er ist ein Musiker. Bitte, tut ihm nichts. Er … Er braucht Hilfe, nicht Strafe." Das Herz zog sich ihm zusammen, als er Xavers flehenden Blick auffing: ein Hauch von Klarheit, als sehe er Elias, dann wieder wirres Stottern von unverständlichen Worten.

Die Wachen zögerten. „Er hat sich selbst verletzt, blutet. Wir haben Befehl, ihn in Gewahrsam zu nehmen. Wenn ihr wollt, könnt ihr morgen kommen und eine Aussage machen. Jetzt weg da!"

Elias biss die Zähne zusammen und wich zur Seite, ehe die Wachen Xaver weiterzerrten, in Richtung Oberstadt. In diesem Moment lockerte sich Xavers Griff um die Papierrolle, und sie fiel klatschend in eine Pfütze. Niemand schien es zu bemerken, auch Xaver nicht, der delirierend vor sich hin murmelte.

Leandra blieb stocksteif stehen, hilflos. Elias sprang vor, hob rasch die Rolle auf, noch ehe einer der Wachen sich umdrehte. Dann zogen sie weiter, verschwanden in der Dunkelheit. Zurück blieb nur ihr waberndes Licht und der Geruch von kaltem Regen.

Zitternd half Elias Leandra, wieder in die Buchhandlung zurückzukehren. Drinnen betrachteten sie die Papierrolle: ein durchnässter, fleckiger Bogen, der mit hastigen Symbolen beschrieben war. Elias entrollte ihn vorsichtig, seine Hände feucht vor Anspannung.

Leandra stand neben ihm, lauschte dem Rauschen des Papiers. „Was steht da?", fragte sie leise.

Elias sog scharf die Luft ein. „Es sind Runen … und ein Plan. Es wirkt wie ein Rohentwurf jener Krypta, aber … anders als unser Pergament. Hier sind Pfeile, Markierungen. Jemand hat diese Skizze erstellt, um gezielt zu einem bestimmten Ort zu gelangen." Sein Finger glitt über ein eingeritztes Zeichen. „Und hier steht in großen Lettern: *Architectus.*"

Leandra schwieg, während Adolfo, der das Geschehen von der Tür aus mitbekommen hatte, sich näherte. Er warf einen Blick auf die Rolle und warf Elias einen entsetzten Blick zu. „Das ist … ein Wegweiser. Xaver muss ihn von irgendwem bekommen – vielleicht von diesem Zirkel, um sich in der Krypta zurechtzufinden. Woher sonst sollte er das wissen?"

Elias' Herz raste. *Also hatte Xaver einen Plan, um an genau jenen Ort zu gelangen, wo das Siegel war.* Bedeutete das, dass Xaver selbst in die Krypta wollte? Oder dass er gezwungen wurde, es für andere zu besorgen?

Eines war klar: Dieser Lageplan war detailreicher als ihr eigenes Pergament. Er schien einen tieferen Eingang zu zeigen, fast wie ein Labyrinth unterhalb der Kirche – und mitten darin ein markierter Kreis, umgeben von den Worten: *Atrium silentii.* So, als wisse der Ersteller der Karte, wie man zum Kern vordrang.

Leandra krallte ihre Finger in Elias' Ärmel. „Sie haben ihn überrumpelt. Vielleicht wollte er ihnen helfen, weil er Schulden hatte. Aber dann hat Xaver wohl gemerkt, was er da anrichtet. Er wollte diese Rolle bewahren, ist davongelaufen …"

„Und hat den Verstand verloren?" murmelte Elias. Er dachte an den Fluch, von dem in den Chroniken die Rede war: Wer zu tief in diese Geheimnisse eindrang, könne wahnsinnig werden. War Xaver Opfer einer mentalen Überlastung? Oder hatte man ihn mit irgendetwas gefügig gemacht?

Er schüttelte den Kopf. „Wir müssen ihn befreien – oder zumindest dafür sorgen, dass er nicht als Verrückter abgestempelt wird. Vielleicht kann er uns sagen, wer hinter dem Zirkel steckt. Aber wir haben keine offizielle Handhabe, die Wachen würden uns wegschicken."

Adolfo räusperte sich. „Die Kommandantur gehört teils zur Verwaltung, von der wir annehmen, dass der Zirkel dort Einfluss hat. Wenn wir auftauchen, könnte das die Lage für Xaver verschlimmern. Wir bräuchten einen Ansatz von innen, einen Beamten, der uns vertraut."

„Oder wir handeln im Verborgenen", schlug Leandra vor. Dann zog sie fröstelnd die Decke enger. Ihre Stimme klang verzweifelt. „Ihr könnt ihn nicht einfach dem Wahnsinn überlassen. Er war … er ist mir wichtig. Trotz allem."

Elias umfasste Leandras Finger, spürte ihr Zittern. „Wir finden eine Lösung." Seine Stimme war fester, als er sich fühlte. Doch dann fiel sein Blick erneut auf die Rolle: *Eine andere Route in die Krypta.* Vielleicht, dachte er, ist das der finale Hinweis: Die Zirkel-Leute wollten über Xaver in das *Atrium silentii* eindringen. Und Xaver, in letzter Sekunde, hat versucht, das zu vereiteln?

„Wir werden das Siegel öffnen, bevor sie es tun", sagte er plötzlich, die Worte klangen fast trotzig. „Sie wollen die Kammer? Sie wollen das Geheimnis? Dann dürfen wir ihnen nicht kampflos das Feld überlassen. Wenn das Siegel wirklich eine Art Übergang zum wahren Kern ist, zu jener verborgenen Wahrheit über den Architekten, dann liegt es an uns, es zu sichern. Und Xaver zu befreien – vielleicht kann uns das helfen, seine Schuld zu lösen, wenn wir den Zirkel entwaffnen. Sonst können sie ihn endlos erpressen."

Adolfo nickte langsam. „Das ist waghalsig, Elias. Aber ich sehe kaum eine Alternative."

Leandra schwieg. Sie presste die Lippen zusammen und ließ ihre Hand auf Elias' Arm ruhen. „Dann werde ich für euch beten, wenn es hilft", sagte sie leise. „Ich kann nicht in diese Ruine gehen, nicht blind und so unvorbereitet. Aber ich will euch nicht verlieren. Versprich mir, dass du zurückkommst."

Elias sah sie an, spürte, wie seine innere Unruhe sich mit einem Funken Entschlossenheit mischte. „Ich verspreche es."

Noch in derselben Nacht schmiedeten sie den Plan, bei Tagesanbruch aufzubrechen. Adolfo holte zusätzliche Seile und metallene Stützstangen, Alenja bereitete stärkere Kräutermischungen vor, um in der Krypta Atem und Geist zu klären. Elias studierte die neue Rolle: Ein komplizierter Weg durch mehrere Gänge, die offenbar tiefer lagen als das gewaltige Kirchenschiff. Jener unterirdische Raum mit dem Siegel schien nur ein Vorraum zu sein – weiter unten gab es eine „zweite Kammer", abgehend von einer senkrechten Schächte. Dort, so deuteten Pfeile an, lag womöglich das wahre Herz des *Atrium silentii*.

Kurz vor dem Morgengrauen standen sie abmarschbereit: Elias, Adolfo und Alenja, schwer bepackt mit Ausrüstung. Leandra, die ihnen bis zur Tür folgte, blieb zurück, die Hände vor der Brust verschränkt, als fürchte sie, Elias' Gesicht nie wieder zu berühren. Er umarmte sie flüchtig, hauchte ein versprochenes „Ich komme zurück" an ihr Ohr. Dann zog er mit den beiden anderen in die Gassen.

Kaum waren sie in den Hügeln, begann ein feiner Nebel aufzusteigen. Die Ruinen tauchten aus milchigem Dunst auf wie das Gerippe eines gestürzten Giganten. Dieses Mal wählten sie nicht den üblichen Weg – Elias hatte auf der Rolle einen alternativen Zugang entdeckt, der in einen wüsten Steinvorsprung führte. Dort suchten sie nach einer halb verschütteten Pforte, die laut Plan tiefer hinabging als der bisherige Gang.

Sie fanden den Zugang, zerschlugen mit einiger Mühe Geröll und Erde, die den Durchgang versperrten. Ein klaustrophobischer Korridor öffnete sich, kaum hoch genug, dass Elias aufrecht gehen konnte. Der Boden war rutschig, und der Geruch nach Moder und altem Tod schien hier noch stärker. Alenja entfachte das Räucherbündel, dessen Rauchblase das Schlimmste abfing.

Der Weg führte sie in einen feuchten Schacht, an dessen Ende eine metallene Leiter verrostet in der Wand eingelassen war. Vorsichtig testete Adolfo die Sprossen, die knarrend nachgaben. Dennoch hielt das Metall sein Gewicht, und so stiegen sie nacheinander hinab in eine Tiefe, deren Ausmaß sie nicht schätzen konnten.

Unten angekommen, fanden sie einen niedrigen Raum, in dem sich eine grauenhafte Szenerie zeigte: Zwei Skelette lagen dort im Dreck, die Knochen von Stofffetzen bedeckt. Unwillkürlich fröstelte Elias, als er den Lichtkegel seiner Lampe über die stummen Zeugen gleiten ließ. Wer immer diese Menschen waren, sie hatten hier unten ihr Ende gefunden.

Alenja bekreuzigte sich stumm, Adolfo presste die Lippen aufeinander. Dann bemerkte Elias an einer Wand flüchtige Runenzeichen – nicht mit dem Stein gemeißelt, sondern mit Kreide oder Kohle geschrieben. Er trat näher. Trotz der Verwitterung war erkennbar: *Architectus … Rettet uns?* Und darunter: *Silencium. Totum Silencium.*

„Totales Schweigen", flüsterte Alenja. „Sie haben hier unten einen verzweifelten Hilferuf verfasst."

Elias schloss kurz die Augen. *All das liegt außerhalb unserer Vorstellung. Wer weiß, was für Rituale hier praktiziert wurden.* Gleichzeitig spürte er, wie das Notizbuch in seiner Tasche zu brennen schien. Dies war mehr als nur ein Relikt vergangener Zeiten – es war eine Welt, die nach seiner Seele rief, ihn wie einen Magneten in ihre Dunkelheit zog.

Sie folgten dem Raum entlang, bis sie auf eine weitere Tür stießen – ein massiver Holzbogen, von Metallbeschlägen gehalten, der erstaunlicherweise noch intakt war. Ein schwacher Luftzug kam ihnen entgegen, als hätte jenseits dieser Tür ein Hohlraum oder eine Kammer frische Luft gespeichert. Elias berührte den Beschlag, drückte sachte. Ein Quietschen, dann gab die Tür nach.

Auf der anderen Seite öffnete sich ein gewaltiger, kreisrunder Raum, größer als das Atrium, das sie bereits entdeckt hatten. An den Wänden ragten Steinbänke empor, gebildet wie Tribünen. Ganz im Zentrum stand ein Podest aus altem Marmor, umgeben von einem Spiralring auf dem Boden. Elias' Lampe konnte die Decke nicht ausleuchten, doch er ahnte, dass sie hoch hinaufreichte – vielleicht bis in die Ruine des Glockenturms.

Während Adolfo und Alenja vorsichtig den Rand ausleuchteten, trat Elias wie gebannt in die Mitte. Der Boden bestand aus glatten Steinplatten, die ein gigantisches Symbol bildeten: das Dreieck, den Kreis, verschlungene Linien. *Architectus*, flüsterte eine Stimme in seinem Innern. *Du bist hier. Oder warst es einst.*

Dann sah er mitten auf dem Podest eine Gestalt sitzen. Zunächst hatte er sie für eine Statue gehalten, doch als er näher kam, erkannte er, dass es ein alter Mann war – in ein dunkles, karges

168

Gewand gehüllt, den Kopf gesenkt. Ein Schreck durchzuckte Elias: Wer war das? Lebte er noch?

Alenja und Adolfo traten mit erhobenen Lampen heran. In diesem Moment hob der Fremde langsam den Kopf – und Elias glaubte, sein Herz schlüge einen unnatürlichen Takt. Er erkannte dieses Gesicht, diese silberweißen Haarsträhnen: *Es war der Architekt, jener Mann vom Dach, der ihn einst vom Sprung abgehalten hatte.*

Er sprach mit leiser, aber fester Stimme: „Elias. Du bist gekommen. Ich wusste, dass du den Weg finden würdest."

Elias' Knie zitterten. „Du … wie kann das sein? Wer bist du wirklich?"

Der Alte erhob sich langsam vom Podest, schien ohne Mühe zu stehen, obwohl man ihn für gebrechlich halten konnte. Sein Blick streifte Alenja, Adolfo, dann wieder Elias. „Manche nennen mich den Architekten. Andere nennen mich ein Hirngespinst. Was zählt, ist, dass ich dir eine Wahl gab – und du hast sie angenommen."

Alenja war starr vor Erschütterung, Adolfo trat einen halben Schritt zurück. „Du gehörst also zu diesem Zirkel? Bist du ihr Meister?"

Der Alte schüttelte den Kopf, ein sanftes Bedauern in den Zügen. „Der Zirkel hat seine Pfade, aber ich gehöre nicht zu ihnen. Einst wollten sie dasselbe, was Elias sucht: das Mysterium des Lebens verstehen. Doch sie verfielen ihrer Gier nach Kontrolle und Macht. Jetzt jagen sie nur noch Schatten. Und wer sich ihnen in den Weg stellt, wird rücksichtslos beseitigt." Seine Augen richteten sich auf Elias. „Aber du bist anders. Du willst die Wahrheit um deiner selbst willen, nicht aus Gier. Das macht den Unterschied."

Elias schluckte hart. „Warum bist du hier? Warum warst du auf dem Dach, als ich springen wollte? Warum dieses Notizbuch, diese Ruinen? Bin ich nur eine Marionette?"

Der Alte trat an das Podest und legte eine Hand auf die marmorne Oberfläche. „Niemand ist eine Marionette, wenn er das Licht im eigenen Innern erkennt. Ich bin ein Wächter – nennen wir es so. Du warst am Rand deines Lebens und hast beschlossen, zu bleiben. Dadurch erhieltst du die Chance, deine wahre Bestimmung zu finden. Ein Weg, den nicht jeder geht."

Elias' Herz klopfte wie verrückt. „Aber … all diese Rätsel, der Zirkel, die Gefahr – warum das alles?"

Ein leises Lächeln huschte über das alte Gesicht. „Weil du nur in der Gefahr, in der Konfrontation mit deinem eigenen Schatten wirklich ergründen kannst, wer du bist. Diese Stadt, die Ruinen, sie sind mehr als ein Ort – sie sind ein Spiegel, in dem du erkennst, was dein Herz sucht. Wer Sicherheit nur im Außen sucht, wird hier in Furcht erstarren oder vom Zirkel verschlungen. Doch wer die Wahrheit in sich trägt, wird das Siegel öffnen, ohne Angst vor dem, was er darin sieht."

Adolfo und Alenja waren stumm, als die Worte des Mannes in der gewaltigen Kammer verhallten. Elias atmete bebend. „Dann sag mir: Was ist hinter diesem Siegel?"

Der Alte deutete auf den Boden, auf das Spiralornament. „Nichts als deine eigene Seele. Und zugleich alles. Es ist ein Knotenpunkt, ein Ort, an dem der Geist sich öffnet, wenn man bereit ist, loszulassen. Die Bruderschaft versuchte, die Macht dahinter zu instrumentalisieren. Doch wahre Erkenntnis kann nicht angeeignet werden – sie kann nur erfahren werden, Elias. Bist du bereit, hinabzublicken in den Spiegel?"

Elias fühlte ein Brennen in seinen Augen. Er spürte zugleich die Verzweiflung des alten Architekten und eine ungeheure Sehnsucht in sich selbst. Langsam kniete er sich auf die Platte, die sich im Zentrum des Raumes befand, öffnete den Mantel, legte sein Notizbuch darauf. Ein Beben fuhr durch seine Glieder.

„Was muss ich tun?", fragte er kaum hörbar.

Der Alte trat näher, legte Elias sacht eine Hand auf die Schulter, ohne dessen Verletzung zu berühren. „Sei still. Spür dein Herz. Lass alle Ziele, alle Pläne los, und tritt in das, was du wirklich bist. Dann wird sich das Siegel öffnen, nicht im Stein, sondern in dir selbst."

Elias schloss die Augen. Im Hintergrund nahm er vage wahr, wie Adolfo und Alenja sich besorgt ansahen, doch niemand wagte, den Augenblick zu stören. Der leichte Geruch von Räucherwerk – Alenjas Kräuter – umspielte ihn. Er atmete tief, erinnerte sich an den letzten Rest seines alten Lebens, an das leere Penthouse, an das Rauschen der Stadt unter ihm, an seine wachsende Einsamkeit. Dann an Vinedo, an die menschliche Wärme hier, an Leandras Musik, an Adolfos Güte, an Sanders neugieriges Lächeln.

In seinem Innern löste sich ein Knoten. Er sah sich selbst auf dem Dach, spürte die Verzweiflung, doch diesmal erkannte er im selben Moment eine ungeheure Liebe zum Leben, wie eine Flamme, die tief in ihm geschlummert hatte. *Hätte ich den Schritt getan*, dachte er, *wäre all dies nie geschehen. Ich wäre nie hierhergekommen, hätte nie erfahren, was Sinn bedeutet: zu sein, statt nur zu haben.*

Plötzlich schien die Kammer zu zittern, oder Elias fühlte ein inneres Zittern. Eine Helligkeit wuchs hinter seinen geschlossenen Lidern. Im Geist sah er das Wort *Architectus* aufleuchten, spürte, wie es sich mit seiner eigenen Essenz verband. Ein sachter

Windhauch strich durch die Halle, obwohl sie tief unter der Erde waren. Ein Summen, als würden tausend Stimmen flüstern.

Er sah Bilder: Xaver, in einer Zelle, weinend um sein gebrochenes Selbst, Leandra in der Dunkelheit, sich an den Klavierflügel klammernd. Jonas Stein, versteckt in einer Dachkammer, Herz raste vor Furcht. Aber dann sah er auch Licht, das jeden berührte: Xaver, der sich von seinen Schulden befreit; Leandra, die voller Glück ihr Klavierspiel beibehält; Jonas, der Frieden findet in einer neu entfachten Inspiration. Er sah Adolfo lächelnd in einem Buch, Sander, der erwachsen wurde. Ein unendliches Panorama der Möglichkeiten.

Gleichzeitig spürte er, wie etwas in seiner Brust aufbrach, eine Quelle aus Wärme, als würde ein dunkler Raum erhellt und geheilt. Er wusste, dass es nicht darum ging, *was* genau sich im Außen ereignete, sondern *wie* man es durchlebt. *Die Wahrheit liegt im Erfahren*, klang eine innere Stimme. *Der Sinn ist nicht in Titeln, Geld oder Ruhm zu suchen. Sondern in der Begegnung mit dem, was ist – mit allem, was uns lebendig macht, Schmerz wie Liebe.*

Tränen stiegen ihm in die Augen, rannen lautlos über die Wangen. Er sah vor seinem geistigen Auge das Dach, den weiten Sprung, den er nie getan hatte. Und dann sah er den Alten, der ihm die Hand reichte: *„Wenn du bleibst, musst du den Mut haben, neu zu beginnen."* Ja, flüsterte er innerlich. *Ich bleibe. Ich bin bereit. Mehr als je zuvor.*

Langsam ließ er die Augenlider sinken. Er tastete nach seinem Notizbuch, spürte dessen abgewetzte Ecken. In diesem Moment war es, als würde das Buch zu einem leeren Symbol, das ihm den Weg gewiesen hatte. Aber der wahre Schatz lag in ihm selbst – in der Bereitschaft, zu leben.

* * *

Als Elias endlich die Augen öffnete, war die Halle still. Der Alte stand nicht mehr an seiner Seite. Verwirrt wandte er den Kopf – es schien, als hätte sich der Mann aufgelöst, oder war in den Schatten verschwunden. Adolfo und Alenja traten heran. In ihren Blicken las Elias eine Mischung aus Ehrfurcht, Sorge und Erleichterung.

„Wo … wo ist er?", fragte Elias benommen.

Alenja trat die letzten Schritte vor, half ihm auf die Beine. „Du warst wie in Trance, Elias. Wir sahen nur, wie du auf dem Boden knietest, und hinter dir dieser Mann – doch plötzlich war die Kammer leer. Vielleicht hat er sich in einen Seitengang zurückgezogen, oder … wer weiß." Ihre Stimme zitterte. „Was auch immer du gesehen hast – es scheint dir gutgetan zu haben."

Elias blickte an sich herab, bemerkte die Tränen auf seinen Wangen. Sein Herz pochte ruhig, sicher, als wäre eine Last von ihm genommen. Er wusste, dass er den wahren *Architectus* in sich gespürt hatte, in einer Art Offenbarung. Und er verstand, dass dieser Alte nur ein Bote gewesen war, ein Hüter, der ihn an die Schwelle seiner eigenen Entscheidung geleitet hatte.

„Kommt", sagte er, die Hand auf Adolfos Arm legend, Alenjas Blick in sich aufnehmend. „Wir gehen. Wir haben alles erfahren, was wir brauchten."

Adolfo sah ihn an. „Und das Siegel? Ihr habt es nicht wirklich geöffnet. Zumindest nicht nach außen hin."

Elias schüttelte sanft den Kopf. „Es war nie darum gegangen, einen Stein zu verschieben. Das Siegel liegt in jedem von uns. Und ich glaube, ich habe verstanden, was hinter diesem Tor wartet: nichts, was man greifen oder verkaufen kann, sondern nur die Erkenntnis, dass unser Leben selbst der Sinn ist. Wer das be-greifen will, muss in seine eigene Tiefe schauen."

Alenja nickte, mit Augen voller Andacht. „Dann lass uns nach oben gehen, Elias. Und all jenen helfen, die noch in den Fängen der Angst sind."

Elias war erleichtert, dass niemand Widerspruch einlegte. Gemeinsam verließen sie den kreisrunden Raum, stiegen durch Gänge und Leitern, Seile und Korridore, bis sie wieder das kühle Grau des Tages sahen. Ein Regen lag über den Hügeln, doch Elias empfand ihn als reinigend. *Er kam hierher, um auf der tiefsten Ebene sich selbst zu finden. Nun hatte er genug gesehen, um sein altes Leben endgültig hinter sich zu lassen.*

Noch am selben Tag suchten sie nach Wegen, Xaver aus der Kommandantur zu holen. Überraschenderweise stand plötzlich Jonas Stein vor der Tür des Buchladens: Er hatte am Abend davon gehört, dass die Stadtwache sich des Musikers bemächtigt habe, und war bereit, um Xaver einen Rechtsbeistand zu bemühen. *Ein seltsames Bündnis*, dachte Elias, doch Jonas, von Reue und Erkenntnis getrieben, wollte helfen – vielleicht auch, weil er in Xavers Lage seine eigene Angst um das Projekt erkannte.

So gelang es ihnen, dank einiger legaler Schlupflöcher und viel Zureden, Xaver in ärztliche Obhut zu bringen, bevor der Zirkel auf ihn zugreifen konnte. Leandra hielt zu ihm, spendete Trost. Der Geiger, aufgewühlt und zerschlagen, gestand schließlich seine Schuld: dass er Informationen über Elias' Nachforschungen verkaufen wollte, um seine Schulden zu tilgen – bis ihm bewusst wurde, wie weit der Zirkel gehen würde, um an das Siegel zu gelangen. In Panik war er geflohen.

„Es tut mir leid", wisperte er zu Elias, der ihn besuchte. „Ich bin … gescheitert. Ich wusste nicht, dass es um so viel mehr ging. Bitte verzeih mir." Elias drückte nur sanft seine Hand und versprach ihm, dass sein Leben noch nicht am Ende sei – jeder habe eine zweite Chance, wenn er sie nur ergreife.

Wenige Tage darauf rief Adolfo Elias beiseite, zeigte ihm eine offizielle Mitteilung: Die Bauarbeiten am südlichen Hafen, für die Jonas gearbeitet hatte, wurden eingestellt. Niemand wusste genau, weshalb – ob der Zirkel seine Finger im Spiel hatte oder Jonas' Auftraggeber. Elias sah Jonas' erleichtertes Gesicht, obwohl es zugleich ein Scheitern bedeutete. Manchmal, so begriff er, blieb ein Wandel die einzige Option, wenn eine Stadt ihren Schatten abwarf.

Die Tage vergingen, und Vinedo kehrte zu einem merkwürdigen Alltag zurück. Gerüchte über mysteriöse Verschwörer zirkulierten weiter, doch konkrete Anschuldigungen gab es keine. Vielleicht war der Zirkel wieder abgetaucht, weil er wusste, dass Elias das Siegel nicht mit Gewalt öffnen würde. Oder sie warteten auf eine neue Chance. Elias hingegen fragte sich nicht mehr, ob er tiefer in das Mysterium vordringen sollte. Er kannte nun die Antwort: *Der Sinn des Lebens war nicht verschüttet in Stein, sondern wartete in ihm selbst, erfahren zu werden.*

Epilog

Ein helles Licht lag an diesem Morgen über der Stadt. Die feuchten Ziegel glänzten, als hätte der Regen der letzten Tage alles Alte fortgewaschen. Die Luft wirkte klar, fast neu. Elias schlenderte durch den Park, der sich unweit von Adolfos Buchladen erstreckte – ein kleiner Fleck Grün mitten in den Steinhäusern. Noch vor Kurzem war er ihm kaum aufgefallen. Nun sog er den Duft feuchter Erde ein, hörte den Gesang einiger Vögel in den Bäumen.

Er setzte sich auf eine schlichte Holzbänkl, ließ den Blick über die Rasenfläche gleiten, in deren Mitte ein knorriger Baum stand. Ein paar Kinder tollten in der Ferne. Auf einem der Kieswege sah er Leandra langsam spazieren, geführt von einem Mädchen, das ihren Blindenstock hielt. Sie winkte ihm zu, als sie seine Stimme erkannte, und er winkte zurück, auch wenn sie es nicht sehen konnte. *Sie weiß, dass ich sie sehe*, dachte er und lächelte sanft.

Es war das erste Mal seit langer Zeit, dass er einfach nur saß. Keine Hast, keine Rätsel, die ihn drängten. Er wusste, er würde die Krypta nicht weiter durchwühlen – wenigstens nicht, solange kein ernsthafter Grund bestand. Er hatte die verschlungenen Zeichen in sich angenommen, wusste nun, dass er mehr ist als sein früheres Selbstbild. *Vielleicht*, dachte er versonnen, *wird der Zirkel irgendwann von selbst zugrunde gehen, weil echte Erkenntnis keinen Wahn zulässt.*Oder vielleicht würde es neue Konflikte geben. Aber er spürte keine Angst. Denn er hatte endlich begriffen, wozu er einst auf das Dach gestiegen war: um zu sterben – und stattdessen ins Leben zu springen.

Die Sonne gewann an Kraft, erwärmte seine Wangen. In seinem

Geist hörte er die Klänge von Leandras Klavier, zart und voller Gefühl. Er atmete tief durch. *Wenn du bleibst*, hatte der Architekt gesagt, *musst du den Mut haben, neu anzufangen.* Er hatte geblieben – und nun war jeder Tag ein Neubeginn.

Ein letztes Mal dachte er an das Siegel tief unter den Ruinen, an die lauernde Dunkelheit, die in Gängen und Herzen wohnte. *Der wahre Feind ist nicht der Schatten*, begriff er, *sondern das Verharren in einem Leben ohne Sinn.* Er stand auf und ging dem Kiesweg entgegen, an dessen Rand er Leandra erblickte. Sie lächelte ihm entgegen, ihr Kopf zu ihm gedreht, als spürte sie seine Gegenwart sofort.

„Wollen wir gemeinsam frühstücken?", fragte er, als er nah genug war, ihre Hand zu ergreifen.

Sie nickte. „Ich habe frisches Brot und ein neues Musikstück, das du hören musst." In ihrem Gesicht lag Freude, nicht wie ein sprunghaftes Glück, sondern eine tiefe Zufriedenheit.

Elias lächelte. *Das genügt*, dachte er. *Mehr braucht es nicht, um das Leben zu spüren: im Augenblick da sein, ohne die Angst, etwas zu verpassen.*

Er wusste, er war noch immer Architekt – aber nun einer, der nicht nur Häuser entwarf, sondern das eigene Dasein baute, Tag für Tag. Und so schlug er den Mantelkragen hoch, um die Reste der feuchten Luft abzuwehren, während Leandra und er gemeinsam den Park verließen.

Oben am Himmel zogen leichte Wolken, die Sonne brach hindurch und legte goldene Streifen auf das Pflaster. Die Stadt, die ihm einst so fremd erschien, wirkte nun wie ein Zuhause. Und in seinem Herzen klangen die Worte nach, die ihm der Architekt einst zuflüsterte, als er an der Dachkante stand:

„Wenn du bleibst, wirst du lernen, wer du wirklich bist."

Ja, er war geblieben. Und er hatte gelernt, dass der wahre Sinn des Lebens nicht im Verstand zu finden war, sondern in der einfachen Kunst, zu atmen, zu fühlen, zu sein.

Von nun an würde jeder neue Schritt das bezeugen.